汉俳遇上新时代

汉俳遇上新时代

陆彩荣——著

外文出版社
FOREIGN LANGUAGES PRESS

汉俳遇上新时代

卷五 书展出版 362

卷六 时光政风 378

卷七 节庆文化 430

卷八 闲情逸致 460

卷九 友情唱和 496

目录

序言 让汉俳在新时代大放光彩 1

卷一 四时景趣 18

卷二 城市印象 90

卷三 文明交流 302

卷四 书画艺术 330

序　言

让汉俳在新时代大放光彩

——关于发展现代汉俳的思考

汉俳作为一种文学体裁，应该而且可以与唐诗、宋词、元散曲等创作体裁具有同等历史地位。源自我国汉代的长短绝句，是汉俳的起源，也是日本俳句的原型。今天，在中国进入新时代的历史背景下，如何进一步发展汉俳，推动汉俳创作站上新台阶、开启新征程，是颇有时代感与挑战性的新课题。

汉俳的传统与传统的俳句

中国汉代没有俳句，但有长短绝句。日本文学志士，从中国汉代绝句中汲取营养，创造了日本俳句。因此，日本文学界普遍认为，中国古代汉诗中的绝句，是俳句的原型。经过日本化演变，绝句在日本以每日小诗的形式发展，至今不过400余年。

据日本文学研究，日本中古时期将中国汉诗的乐府诗发展成和歌，和歌的格式是五句三十一音。后来，随着多人合咏和歌形式的出现，长短连歌诞生了，而俳句就起源于连歌。连歌中有发句和胁句，发句为三句十七音，胁句为二句十四音，加起来正好是三十一音。俳句就是截取连歌发句，并将其独立出来，所形成的一种诗体。

古人云："绝者，截也。"中国古代就把绝句看成是律诗的一半。古代日本诗人非常喜爱中国汉诗，并且大多数都能作中国汉诗。有研究发现，俳句的形成，很可能是日本文人从绝句和律诗的关系上得到了启发。许多日本俳句诗人在创作过程中，直接把中国的汉诗俳句化。比如，日本"俳圣"松尾芭蕉的一句"长夏草木深，武士留梦痕"，便是引杜诗"国破山河在，城春草木深"所作。

俳句作为一种独立的诗体，正式形成于15世纪。原称"俳谐"或"发句"，是一种以表现市民生活为主的诙谐诗。松尾芭蕉在大量的创作实践中，不断总结提高，逐步从诙谐提升到真挚的境界，将俳句引向抒情诗的意境，从而奠定了其在日本文学史上的地位。

明治维新以后，日本俳句的重要推动者正冈子规提倡俳坛革新。他说："俳句、和歌、汉诗形式虽异，志趣却相同，其中俳句与汉诗相似之处尤多，盖因俳句源于汉诗绝句之故。"他进而力主使用"俳句"这一名称取代"发句"，成为正式的诗体。由于当时子规派俳句风靡天下，流风所及，"俳句"一词逐渐被普遍使用。

应该看到，日本俳句的意境与汉诗多有相通之处。俳句的精妙之处，就在于能捕捉大自然的微光绮景，并与诗人的玄思幻梦相契合，创造出一种个性鲜明的幽情别绪，甚至还包含着独特的禅味，使刹那成为永恒。而这种禅寂，在中国唐诗宋词里比比皆是。

通过比较研究，我们可以清晰地发现，日本俳句有其重要的特征。首先就是短小。俳句是世界上最短的古诗体之一，以极其简洁的形式去展现作者瞬间的感受，且大量使用比喻、象征等手法，追求语言的简洁、含蓄和隽永，便于记忆、流传。

俳句的第二个特点是松严相济，不求一律。传统俳句要求严格，受到"季语"的限制，即诗中必须表现与四季有关的自然现象或人事。然而，随着日本俳句创作的发展，季语的限制逐渐放松，创作更加自由，表现力也随之拓展。

俳句的第三个特点是即兴创作，不需要韵，基本算是一种随意的诗歌形式。作为一种新型诗词，俳句一般不要求押韵或遵循平仄。它重在表现个体在当下的即时感受与体验，展现生命与心境的真实体悟。俳句形式多样，除了基本的五七五句型之外，还有许多变体，灵活性极大。这就极大地便利了俳句的创作，并对其发展起到了很好的推动作用。许多诗歌爱好者从古典严谨的绝句律诗创作中解放出来，开始学习俳句创作，发现写俳句并不困难艰涩，而是大有情趣，饶有生机，字少意长，别有洞天。

在现代创作实践中，许多中国新汉俳创作者，开始注意使用韵字来增加作品的韵味，避免白开水般的字句，从而减少随意性，这同样对汉俳的发展起到了积极作用。当然，日本俳句作为诗词的一种样式，也有一条不成文的规定，就是要留有余韵，尽量不要把自己的感情抒尽。日本俳人水原秋樱子曾自拟俳句八条禁忌，其中就有忌感情直露和夸张等。

在日本俳句史上，所谓的“黄金时代”，一定是和松尾芭蕉的名字联系在一起的。研究者发现，在芭蕉以前，虽然也有不少俳人就俳句的形式、内容、格律、技巧等进行过孜孜不倦的探索，但是俳句创作始终没有走上正轨。松尾芭蕉树立了“蕉风”，进行了俳句史上前所未有的革命，使得俳句得以正式进入艺术殿堂。他对俳句所作的贡献可以说是空前绝后的，完全无愧于后世给他的“俳圣”称号。

松尾芭蕉对俳句的贡献堪称日本文学史上的一大丰碑。他认识到要使俳句作为一种文学体裁长期流传下去，不能光是在滑稽诙谐中混日子，而要以严肃的态度进行创作，要从多方面对感情内容和艺术技巧进行探讨，写出严肃而又清新的作品来。

芭蕉以自己的作品为俳句界树立了可供研究、效法的典范，由此带领日本俳句创作步入了正轨。从芭蕉开始，俳句正式迈入了艺术领域。

一般来说，人们常以“闲寂风雅”四个字来概括松尾芭蕉的诗风。像他的名句《古池》便通过闲寂的独特表现力，展现了艺术的风雅美：

闲寂古池旁，
蛙入水中央，
悄然一声响。

这首俳句给无数诗人以生命的感动。它生动而形象地描写了一只青蛙跳入古池的一刹那。在这一刹那，四周闲寂的静态与青蛙跃入池塘的动感相当完美地结合在了一起。青蛙跳池之前，一切都是寂静的。跳池之后，一切又都恢复平静。表面上看，似乎是无休无止的静，而这从静到静的过程中，却蕴含着大自然的生命律动和无穷的变化之机巧，当然，更包含着作者内心的生命激情，荡漾着诗人独有的清寂而幽玄的绝妙意境。

这首俳句是松尾芭蕉最脍炙人口之作，在日本可以说是家喻户晓，影响极大，就如同李白的《静夜思》在中国的地位。据报道，1916年印度诗人泰戈尔访问日本时，曾读到这首俳句，对之赞不绝口："够了，再多余的诗句没有必要了。日本读者的心灵仿佛是长眼睛似的。古老而陈旧的水池是被人遗忘的、宁静而黝黑的。一只青蛙跳入水里的声音，清晰可闻，可见水池是多么的幽静！"

到日本天明年间，随着谷口芜村、久村晓台等新一代俳句大家的涌现，俳句创作进入了光辉灿烂的新阶段，这一时期通常被称为俳句的"中兴时代"。

芭蕉的艺术特色是自然和素朴。他着重表现普遍存在于自然和人生中的枯寂，因此以他为中心的元禄俳坛，作品以枯寂为主，虽然意境深远，但不免也有单调之感。

但天明时期的芜村、晓台等就不单是直接凝视自然了，他们还进一步在古典作品中寻找诗味，在古人的艺术思想中追求诗情。因此，他们作品的意境更为多元，富有情趣，比起元禄时期更加富有知识性和艺术性。在日本明治维新时代的俳句史上，正冈子规的俳句革新运动占据了相当重要的地位。作为革新运动的倡导者，子规敢于号召排斥旧派“宗匠”，清除旧派俳句陈腐卑俗的流弊，并证明了新派俳句的可取性。

由于旧派宗匠大多以蕉风为正宗，子规直接指出芭蕉也有不少缺点，实际上是推倒了旧派宗匠视为神圣不可侵犯的偶像，进而大力提倡芜村俳句创作中面向社会生活的“写生”理论。

子规对“美”也有其独到的见解。他认为：“美分为积极和消极两种。积极的美，其意境壮大、雄浑、劲健、艳丽、活泼；消极的美，其意境古雅、幽玄、悲惨、沉静、平易。总而言之，东洋的美术和文学倾向于消极的美，西洋的美术和文学倾向于积极的美。若从时代来看，则无分东西国别，古代消极的美居多，近代则积极的美居多（然而壮大雄浑者却多见于古代）。”他还认为：“极度的客观美就是画。”这种对美的细分理论，对俳句创作产生了重要而深刻的影响。

俳句对世界文坛的影响

应该看到，虽然作为文学体裁之一的俳句起源于日本，但现在它已经流传到了许多国家，并且成为了世界各国语言中最短的诗词。

有学者研究，日本俳句的国际化始于100多年前，当时外国人首次系统地将其介绍到西方。然而，流传于日本国外的俳句并不严格遵循十七音节的传统形式，而是以三行诗的短诗形态存在，并以各国的语言来吟咏，现已成为一种世界潮流，各国的俳句团体也相继成立。“Haiku”这一源于日文的英文单词，现在已经被译为各种语言传遍世界，“Haiku”也即将成为一个世界共享的文化瑰宝。

纵观俳句界的发展，无论使用何种形式，只要是用各种语言创作的最短诗行，尽量凝练到无法再短，并能够反映瞬间的感动且有留白，让读者自由地自我鉴赏，不论主动的还是被动的，咏大自然的、人事的或社会性的诗作，都是俳句。

据研究，中国民间在几千年的历史中，除了著名的十六字令，还有十字诗、对仗工整的对联（通常有横批）、民间广为流传的歇后语，以及三三五顺口溜等短小精炼的段子。这些都可算作俳句的范畴。

瑞典的俳句创作基本可分为五七五型及五五七变型，提倡白话文，反对押韵。据诺贝尔文学奖终身评委马悦然（Göran Malmqvist）在《中国小诗与瑞典的俳句》中介绍，早在20世纪50年代就有瑞典诗人用中文创作俳句。例如，托马斯·特朗斯特罗姆（Tomas Tranströmer）所作：

消失的步子，
都已沉入了地板，
池底的落叶。

俳句也曾在法国引起很大的反响。1906年，法国哲学家保罗-路易·古修（Paul-Louis Couchoud）写过一篇专门研究日本俳句的文章，刊登在日本《文学》杂志上，他称俳句“是诗的点滴，是三彩的，清淡的刷画”。西方权威著作《诗与诗学百科全书》中指出，在英语、法语、德语、西班牙语、意大利语及其他欧洲语言中，都曾进行过大量对俳句的模仿，可大多出于猎奇，因此收获甚微。俳句的形式过于简单，而且与其本国的文化背景有着千丝万缕的联系，因此无法作为一个整体被移植到西方语言体系中来。尽管有人曾竭力将俳句变成一种西方诗体或诗节体，但都没有成功。

俳句与中国现代创作

中国和日本是一衣带水的邻邦，文化交流源远流长。有研究认为，中国是俳句的起源地，但是许多中国人并未意识到，俳句是诗的一种，也是世界上众多诗歌形式之一。俳句以其短小精炼、限制较少、易于吟咏等特点，受到广泛青睐，并流传到许多国家和地区。

俳句深受包括日本人民在内的世界人民喜爱的原因，主要在于其形式非常简单，无论男女老少都可以随口成就。在日本，下至学龄前儿童，上至百岁老人，大家都在用和俳来“游戏”。每月都有大量的诗集以“同人杂志”的形式出版并流通。

我国当代著名诗人赵朴初热衷于创作汉俳，曾使用汉字按照五七五的格式创作了许多含义深长、辞藻典雅的俳句，其创作的俳句被称为“汉俳”，深受中日两国各界人士好评。

赵朴初对俳句创作有一套自创的平仄要求，类似于宋词里的小令：

（仄）平平仄平
平平（平）仄仄平平
平平仄仄平

（平）仄仄平平
平平（仄）仄平平仄
平平仄仄平

他的代表作如：

《又》
幽谷发兰馨，
上有黄鹂深树鸣。
喜气迎俳人。

《春游》
劝酒有黄鹂，
樱蕊迎人百万枝，
能无一句诗。

周作人在日本留学期间，曾翻译过大量日本俳句，但留存不多。有资料记载，《诗刊》等刊物还载有钟敬文、公木、袁鹰、陈大远等的汉俳作品。

自 2016 年 11 月 30 日，二十四节气被正式列入联合国教科文组织《人类非物质文化遗产代表作名录》以来，中国外文局《人民中国》杂志坚持每年以二十四节气为对象，组织全国俳句爱好者创作主题汉俳。此活动已经持续8年多，每个节气都能刊发70首左右相关俳句。汉俳总发稿量已逾万首，蔚为大观。

他们还编译日本俳句并同时刊出，以加强中日新俳句创作交流。在介绍日本俳句的形式时，强调风格多样性，既包括经典的五七五式俳句，也有传统的三十一字连歌式俳句，以及其他形式的长短俳句。原文化部副部长、日语专家刘德有是其中的佼佼者，他长期坚持汉俳创作，影响并带动了一大批爱好者参与其中。近几年两会期间，《人民中国》杂志原总编辑王众一还发动政协委员创作时政汉俳，抒发即时感受。这些举措都对激发中国新汉俳创作发挥了重要而积极的作用。

近年来，在一批汉俳爱好者的努力下，《光明日报》《人民画报》《人民铁道》《中国民族报》《扬州晚报》《成都日报》《泰州日报》《泰州晚报》等报刊，以及光明网、中国网、中宏网等网站都开始刊发汉俳作品，为激发汉俳创作起到了很好的推动作用。

总体来看，汉俳承袭了汉代绝句的雄浑风格，以其短小精悍、灵活生动、题材广泛、意象丰富等特色，吸引了越来越多的文学爱好者的关注。然而，由于对汉俳的普及和传播力度不足，社会大众对汉俳的创作特点及其规律缺乏了解，甚至一些卓有成就的诗词创作者也对汉俳知之甚少，不敢轻易涉足汉俳创作，这些都是制约汉俳创作发展的重要因素。

因此，当务之急是要从丰富中国文学创作体裁、活跃文学创作氛围出发，加大对汉俳创作基本规范与规则的普及和传播力度，消除人们对汉俳创作的畏难情绪，同时也要纠正一些人片面认为俳句是日本文学体裁的狭隘观念。我们应加强对汉俳的研究与普及，树立"俳句源自中国，中国应对汉俳创作作出新贡献"的理念，积极推陈出新，开启新时代中国新汉俳创作的潮流。让新汉俳在吟诵时代新风、描摹现实生活、展现人文精神、传承文学传统中发挥更加积极的作用。

发展新汉俳　开拓新诗境

随着时代的变迁，日本松尾芭蕉的俳句时代早已远去，日本俳句创作也逐渐走向衰落，与时代渐行渐远。特别是战后日本对国语教育的轻视，以及国语教育体系的不完善，进一步加剧了俳句的式微。这既是一种历史的现象，也是一曲时代的挽歌。如今，一些日本文人也开始反思这一问题，时下很多青少年喜爱的动漫作品中也开始融入俳句的创作元素，以增强日本文化色彩。

今天，中国进入了新时代，需要弘扬中华优秀传统文化。俳句作为我国文学样式的衍生与拓展，有必要回归创作本土、回归创作本质，突出汉俳特色，展现其在新时代的新气象，彰显其以小博大、以短寓长、以快扬文、以活励人的独特魅力。发展新汉俳，振兴这一文体，形成新时代俳句回归本土之后的创作新潮，推动新汉俳在我国发展壮大，形成创新新风。

为此，以下几方面工作需要加速开展。

一是加强汉俳创作研究，促进社会普及。深入研究汉俳的历史传承与发展脉络，加强汉俳文化的传播与推广。同时，要大力推动汉俳创作评论，建立一支高质量的汉俳研究、创作、评论队伍，进而提升广大文学爱好者对汉俳演变规律与特点的认知，破除汉俳创作中的盲区、误区，提升汉俳创作的信心、信念与兴趣。

二是加强汉俳创作组织，提高创作积极性。汉俳创作具有灵活自由、约束性小的特点，这为其在新时代的新发展创造了有利条件。毛泽东同志曾对《诗刊》杂志提出："诗刊出版，很好，祝它成长发展。诗当然应以新诗为主体，旧诗可以写一些，但是不宜在青年中提倡，因为这种体裁束缚思想，又不易学。”而汉俳创作简便易学，易写难精，与中国书法、绘画等艺术形式一脉相承，体现了鲜明的中国印记，能够满足现代创作需求。从中国作协到基层文化单位，都应提高对汉俳创作时代性、原创性、大众性的认识，加强汉俳创作的引导和组织工作，适时开展汉俳创作征文与比赛活动，提升社会对汉俳的认知度，提高文学界对汉俳创作的关注度与支持度。

三是加大汉俳作品公开发表力度。各类文学诗词刊物、大众传媒的文学文艺版面，应开设汉俳专栏，定期刊发汉俳作品。条件成熟时，可创办汉俳电子或纸质杂志，为汉俳创作提供展示与交流的平台。出版社也应加大汉俳作品的编辑出版，乃至对外翻译传播力度，从而提高汉俳的影响力和感召力。

四是建立汉俳组织，培养时代新人。汉俳的健康发展，离不开组织的关心与支持。全国和地方作协、文联的诗词学会应增设汉俳机构，成立基层汉俳组织，加强汉俳创作者（俳人）之间的联系，提高汉俳创作的社会影响力。

五是加强汉俳教育教学，夯实汉俳发展基础。在大中小学语文教材中，可选择优秀汉俳作品作为教学内容，夯实汉俳教育基础。同时，可在有条件的大学、研究机构建立汉俳研究机构，在中文系增设汉俳教学内容，以教促学，以学助教，进而以高等教育带动汉俳创作发展。

六是开展国际汉俳创作交流活动，扩大国际影响。在国内汉俳创作形成规模的基础上，首先，要适时组织开展中日两国新俳句创作交流活动，加强汉俳与日本俳句爱好者的联系。其次，要适时牵头开展全球范围的国际汉俳创作交流活动，甚至可考虑建立“汉俳创作节”，广泛发动全球爱好者参与创作，真正形成众人拾柴火焰高、百国俳人共创作的汉俳创作热潮，在全世界文学创作界树立汉俳创作的特殊地位，增强中华优秀传统文化的影响力、感召力和亲和力。

七是开展多业态的汉俳开发运用，激活文化生态。借鉴日本漫画创作引入俳句元素的经验，我国各类多媒体新业态可加强对汉俳的运用，扩大社会参与度。鉴于汉俳字数少，便于书法创作的特点，中国书法家协会和各地书法组织可积极开展汉俳书法创作征集活动，举办汉俳书法展览与国际交流，拓宽汉俳的应用空间。

总之，汉俳短小精悍、词少意长的特点，在新时代具有广阔的发展空间。只要我们坚定信心、立足国内、面向世界、志存高远，就一定能开辟汉俳发展的新境界，使其在服务新时代、丰富人民文化生活、增进民众获得感与幸福感方面发挥重要作用。

可以充满信心地展望：随着我国综合国力、国际地位不断提升，文化自信不断增强，加上有组织的普及推广与全方位、多层次、广业态共同发力，具有新时代新气象的现代汉俳必将在广袤的中华大地上推陈出新、开花结果，焕发出崭新的生命活力，为走向民族复兴的新时代中国增光添彩，为丰富世界文学百花园贡献新的力量。

我们衷心期待并坚信，这样的局面一定会早日到来！

2025 年夏初于北京

卷一 四时景趣

春风伴雨飘，一片心境诗意浇，桃李杏花俏

——汉俳 春风

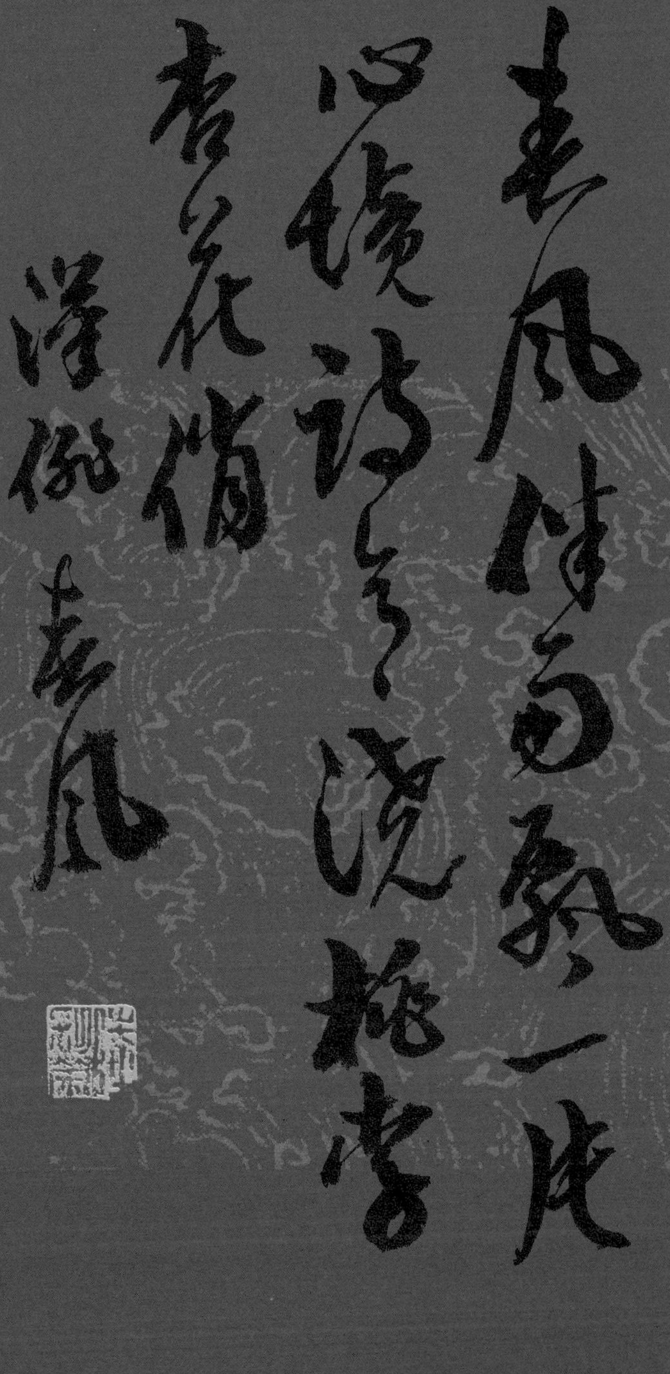

喜雨除尘[1]

春雨洗尘埃，
半月雾霾渐次开，
蓝天白云来。

天街小雨

杨柳依依梳，
天街小雨润如酥，
丝丝浸心路。

[1] 连续半月雾锁京城，霾封春阳，不胜烦心，终迎丝雨，祈盼天蓝云白尽早来。

己亥植树[1]

春植树苗后，
添绿增艳美神州，
天然爽心头。

京华听雨

京华也难平，
新春难得听雨眠，
仿佛江南添。

1 同事们到北京市共青林场参加义务植树劳动。大家自愿组成劳动小组，挥锹铲土、开扩树坑，相互配合扶正树苗、培实新土、提水浇灌，抚育山桃、山杏、木栾、松柏等树木120余株。

己亥春雨三首[1]

一

春雨踏春归，
唤起春雷抖神威，
天地人共会。

二

春雷动山海，
哗哗春雨乘兴来，
春意盎然开。

三

好雨春分至，
洗尽尘垢荡灰驰，
心旷神怡始。

[1] 己亥首场春雨日间从天而降，洗却长冬尘垢，令人神清气爽，心旷神怡矣。

春赏六首

一

春在枝头闹，
花红柳绿无边俏，
万物迎风笑。

二

花开天地春，
春巢凌空育新雏，
雏翠绽画图。

三

胜日寻春忙，
姹紫嫣红百花芳，
纸鸢破天荒。

四

春和景明时，

书画频道墨客聚，

仰山雅集举。

五

闲来弄文墨，

聊赋新句慰春波，

与君共消磨。

六

新春七彩添，

人间最美四月天，

姹紫嫣红恋。

踏青三首[1]

一

又见黄菜花，
漫天遍野长诗画，
天下游客夸。

二

最美菜花秀，
千垛诗情画里游，
清香醉神久。

[1] 春回大地，草长莺飞，花开富贵，万象更新。《论语》曰："莫春者，春服既成，冠者五六人，童子六七人，浴乎沂，风乎舞雩，咏而归。"足见喜春咏春乃中华文化传统。己亥春日，心涌诗情俳句，录得若干，敬献春神，请诸君共赏之。

三

春来地长诗，

天妒人间缤纷世，

仙境梦里驰。

倒春寒[1]

冷雨倒春寒，

欲遏阳气螳臂难，

惠风和畅攀。

[1] 2019 年 4 月 9 日，冷雨飞驰，气温骤降 10 摄氏度，倒春寒来势汹汹。真个是来也匆匆，去也匆匆。次日，春阳高照，气温重又攀升。

登春山[1]

春和景更明，
八大处里胜迹连，
同事复登临。

春归

春意盎然来，
花自盛开云自在，
姹紫嫣红晒。

[1] 中国外文局第十八届登山活动在北京西郊八大处公园举行，全局 100 多人参加。

春风[1]

一夜狂风吼，
尘埃郁滞四散走，
天地人通透。

铜牛冲浪[2]

狂风劲吹春，
颐和铜牛冲浪俊，
奇景引人寻。

[1] 2020 年 3 月 18 日，北京大风，风力最大 10 级，一夜狂风怒吼，但晨起天朗气清，一片光亮。

[2] 此为 2020 年 3 月 18 日傍晚颐和园情景。时京城狂风大作。

谷雨见巨虹[1]

天地嬉相逢，
风雨过后见长虹，
人间惊梦中。

西府海棠

忽讶海棠花，
惊艳盛开漫京华，
思念满天涯。

1 谷雨傍晚时分，北京骤雨，雨后见长虹。故以此俳句记之。

竹林猫趣四首[1]

一

蓝天蹓白云，
红花绿叶相问询，
竹林猫憩韵。

二

竹林一闲猫，
威加皮毛意气高，
大将风度好。
偷得浮生半日闲，
一枝一叶享清妙。

[1] 北京蓝又刷屏了，这是大自然的馈赠，就连闲猫也在竹林中享受这天然之美。

三

竹林一闲猫，
气定神闲好惟妙，
虎虎生气罩。
躲进清幽成一统，
管他五迷与三道。

四

竹林一闲猫，
自带神气十足高，
别惹我烦恼。
世上本来皆无事，
庸人自扰添乱捣。

晨闻鸟鸣三首

一

鸟鸣晨更幽，
百鸟朝阳喜啁啾，
声声上心头。

二

鸟鸣晨更幽，
啁啾声中布谷悠，
日日催耕走。

三

鸟鸣晨更幽，
岁月静好花香流，
天天惹人游。

纳凉二首

一

手摇鹅毛扇，
小风阵阵心舒坦，
暑意次第散。

二

手摇鹅毛扇，
小风习习心舒坦，
睡意渐渐酣。

三伏三首

一

热在三伏天，
桑拿蒸烤汗连连，
盛夏考验添。

二

摊蛋又煎饼，
头伏饺子二伏面，
个中滋味绵。

三

绿豆酸梅汁，
健脾化湿正当时，
冬病夏来治。

秋趣二首

一

秋趣满庭院，
目送飞鸿五弦远，
大隐天地炫。

二

秋景美如画，
天地绽放丽景佳，
岁岁展新霞。

秋兴三首

一

有阴晴圆缺，
杨柳岸晓风残月，
大梦谁先觉。

二

又悲欢离合，
咫尺却汉界楚河，
远水不解渴。

三

四时有诚谛，
万种风情壮天地，
江山如画里。

题秋末晨阳

新阳破晓升，
逐鹿山林悠然成，
大道至简胜。

有感于梦幻之云[1]

造化多精彩，
梦幻之云天上来，
磅礴大气开。

[1] 友人、同乡沈镇昭在海南拍摄了一组海天云景，美妙瑰丽，有感而作。

春夜喜雨雪四首[1]

一

雨雪潜入夜，
春风洗尘净天阶，
生机万物泄。

二

晨光破晓来，
开窗但见屋顶白，
一派清湿盖。

[1] 2021 年 3 月 1 日凌晨，一场雨雪悄然降临京城。晨起，唯见地皮清湿、屋顶留残雪，凡尘消遁，清新之气随风来。

三

新芽萌萌发，

烟柳悄然随风拿，

春意盎然拔。

四

布谷声声急，

催耕种地不停息，

天道酬勤绩。

强沙尘暴来袭[1]

一

又见沙尘暴，
漫天黄沙滚滚到，
更盼晴日好。

二

沙尘暴又来，
遮天蔽日汹汹哉，
无语盼云开。

三

天威不可惑，
沙尘茫茫笼北国，
敬畏自然阔。

[1] 10 多年不见的强沙尘暴，凌晨开始袭击我国整个北方。天老爷又一次发威。对于大自然，我们要始终牢记恩格斯的教诲。不要奢望战胜之，而是必须敬畏之，顺其自然，加以改善也。

夜雨醒春梦

一

夜雨醒春梦，
睡意朦胧恍惚中，
乱点醉卧龙。

二

乱雨敲窗急，
唤醒尘世梦中期，
疑住江南喜。

三

京华添风景，
新春难得听雨眠，
仿佛江南变。[1]

[1] 凌晨，一场春雨及时降临，惊醒梦中人，得此三俳。

居庸关植树

清明宜种养，
居庸关旁植树忙，
绿化山河壮。

居庸关论剑[1]

种毕梨清谈，
居庸论剑谋发展，
四桥办论坛。

[1] 2021年4月2日，集体去居庸关绿化基地种植梨树，种完后在院内清谈，共话发展，当地属四桥村管辖，故有四桥论坛动议。

庭院赏春四首[1]

雨竹[2]

春雨威力强，
新竹劲节随风扬，
一夜三寸长。

小花

小花何贵重，
破缝钻隙春意浓，
骄艳向天蓬。

槐香

槐花凌空放，
清白雅洁云天赏，
风吹醉人香。

1 局大院花木扶疏，鸟语花香，甚为怡人。恰如诗云：春有百花秋有月，夏有凉风冬有雪。

2 春来花木新，院中青竹迎雨劲长，颇为旺盛，其始一夜一寸，愈后愈劲，往往一夜长出三寸有余，甚为可观。

牡丹

花繁叶茂逗，

国色天香非虚构，

迎春更抖擞。

义务植树[1]

义务植树好，

绿化首都起新潮，

天地更美妙。

[1] 2021 年是首都全民义务植树 40 周年。40 年来，持续的绿化美化极大地提高了北京的生态文明水平，使京城的天地更加美丽。

咏春三首

一

春光满书桌，
翻页无语把君做，
静思雅趣多。

二

春有百花开，
无限生机光辉来，
天人共出彩。

三

春花竞相开，
唯有牡丹更精彩，
国色天香来。

山楂花

绿叶白花开，
一树清香颂春来，
孕果红出彩。

题兴化千垛菜花

自然大神奇，
垛上黄花随春起，
天地流生机。

感春六首

一

谷雨春色深，

花开时节动京城，

风细暗香生。

二

春树美局院，

闲庭信步赏花炫，

暖阳醉心愿。

三

春来百花香，

午后小院晒太阳，

局猫懒洋洋。

四

满屏春色亮，
花红柳绿润心房，
神清气更爽。

五

雨后春笋长，
一夜拔节挺胸膛，
奋然竹坚强。

六

小院香径游，
赏花沐风晒日头，
浩然之气修。

咏夏五首

一

夜深人静时，
夏虫浅吟低唱起，
万籁有玄机。

二

天地惺忪也，
一声啁啾破晓来，
夏晨诗意开。

三

楼下绿荫里，
百鸟幽眠无语诗，
夏月伴风伺。

四

初夏飞蹁跹，

万里山河万里天，

诗意起云烟。

五

山水程程变，

庄严国土惹人怜，

夏阳绽新天。

乘兴赏景[1]

赏景需应时，
当年黄花已谢季，
乘兴方如意。

百里杜鹃[2]

百里杜鹃靓，
香风四溢润心房，
依依心向往。

[1] 友人发来千垛菜花景色，但见黄花已乘风归去，满目青翠生机盎然，各美其美也。

[2] 贵州有百里杜鹃景区，每至仲春时季，漫山遍野，香韵四溢，绚烂美艳，摄人心魄，虽不能至，心向往之。

春趣宋意十首[1]

春风[2]

春风伴雨飘，
一片心境诗意浇，
桃李杏花俏。

燕归来[3]

依然旧亭台，
小园香径独徘徊，
相识燕归来。

[1] 此组汉俳发表于《中国民族报》，并被多家网站转载。

[2] 春风春雨春光好，何处惹新愁？却是秋乏春困不知消，无力心忧躁。王羲之有书札“忧虑转剧，悬情不具，足下平安”，南宋词人蒋捷有词“一片春愁待酒浇”，引出此俳。

[3] 化自北宋晏殊《浣溪沙·一曲新词酒一杯》。

春光[1]

花树城中庄，
小园乘兴收春光，
燕舞蝶儿忙。

芳草[2]

花红燕子绕，
天涯何处无芳草，
多情惹风笑。

海棠

人面桃花红，
海棠依旧笑春风，
如梦更轻松。

1 化自北宋秦观《行香子·树绕村庄》。
2 化自北宋苏轼《蝶恋花·春景》。

红杏[1]

风光无限好，
红杏枝头春意闹，
花间留小照。

处春[2]

山水盈盈处，
年华易逝天易妒，
千万和春住。

留春[3]

杨柳堆烟数，
好雨无计留春住，
乱红飞过路。

[1] 化自北宋宋祁《玉楼春·春景》。
[2] 化自北宋王观《卜算子·送鲍浩然之浙东》。
[3] 化自北宋欧阳修《蝶恋花·庭院深深深几许》。

飞归[1]

感时花溅泪，
轻风微雨燕双飞，
明月彩云归。

惜春[2]

叹落红无数，
天涯花草迷归路，
脉脉情谁诉？

[1] 化自北宋晏几道《临江仙·梦后楼台高锁》。
[2] 化自南宋辛弃疾《摸鱼儿·更能消几番风雨》。

大熊猫三首[1]

一

国宝大熊猫，

黑白分明天下娇，

憨态惹人笑。

二

国宝大熊猫，

亲善大使五洲到，

和美致祥好。

三

国宝大熊猫，

宁可食无肉不饱，

不可少竹苗。[2]

[1] 于成都大熊猫繁育研究基地，得此组俳以纪念。

[2] 苏东坡有言在先，宁可食无肉，不可居无竹，以竹喻高洁品质。大熊猫一日不可无竹，深得其趣也。

莲花咏

一

莲自水底来，
钻泥穿浪向阳开，
灼华藕丝带。

二

出淤泥不染，
濯清涟而不妖灿，
亭亭净植赞。

三

莲接天地来，
香远益清醉云彩，
花之君子爱。

四

疍家水上生，
洗脚上岸好停云，
莲洲新意增。[1]

[1] 广东珠海莲洲是水上疍家文化发源地之一。新中国成立后，疍家逐步洗脚上岸，开启新生活。此乃新中国建设的一个重要成果。

大院花香组俳[1]

一

西府海棠开，
姹紫嫣红报春来，
应接不暇彩。

二

牡丹真国色，
春来花开守常德，
诚信不欺客。

三

无尽夏烂漫，
鹅黄粉红紫罗兰，
娇艳更斑斓。

1 局大院花木扶疏，景色怡人，四季之景不同，八方宾客喜赞。故作此组俳以记之。

四

月季花盛开，
红黄粉白绽七彩，
暗香醉人来。

五

青青翠竹生，
雨后春笋破土增，
丛丛簇簇神。

六

素洁看槐花，
嫩绿丛中繁星加，
清香醉天涯。

七

葡萄经冬霜，
春来吐翠生机昂，
串串佳果藏。

八

爬山虎坚强，
冬藏春生夏秋长，
绿后更红亮。

九

山楂年年长，
花开花落秋实赏，
红果谢绿芳。

十

柿柿如意想，
绿叶吐哺硕果藏，
秋来尝清香。

十一

寒冬也有花，
红梅白梅凌雪夹，
暗香疏影佳。

十二

独辟蹊径欢，
大院小道天地宽，
赏景健身贯。

夏日三首

一

何事惹我忧，
辗转反侧不成休，
呼噜信天游。

二

民以食为天，
冬至饺子夏至面，
莲花绽笑脸。

三

豪雨洗夏晨，
祛暑除尘爽心门，
天地共精神。

云端风采三首

一

蓝天艳阳红，
浓云如雪覆长空，
云下阴重重。

二

明阳照长空，
浓云厚深如雪重，
云下阴天逢。

三

云上艳阳隆，
厚云浓密覆长空，
云下阴天重。

风铃

风铃叮咚响，
悦耳动听心舒畅，
酷暑送清凉。

南京梧桐

金陵绿色漫，
满城梧桐养眼赞，
凤凰何处攀？

风物杂咏九首

一

一院花果旺，
桃青葡绿石榴黄，
柿柿如意香。

二

一丛茶花白，
造化天然幽香来，
诗画随心开。

三

夏云变幻多，
万象奇妙挂天幕，
神启艺魂驮。

四

晚霞满天飞，

绚丽多姿画图堆，

天人共悦归。

五

晨光熹微开，

百鸟啁啾快意哉，

唤醒梦人来。

六

天朗气清扬，

明洁阳光深吸赏，

提神亮心爽。

七

佳果应时尝，
清香满口滋味长，
魂灵欣悦扬。

八

两枝栀子花，
花开富贵喜气挂，
清香溢图画。

九

早起鸟儿欢，
布谷声声闹清晨，
唤醒梦中人。

夏蝶与夏花三首

一

夏午晴好时，
花红叶绿美艳驰，
蝴蝶飞舞诗。

二

蝴蝶惦恋花，
蹁跹翻飞舞上下，
生机漫天涯。

三

缤纷夏花开，
姹紫嫣红散香来，
醉了天地嗨。

荷香

荷开香满院，
绿叶红花翠莲圆，
醉神溢清远。

格桑花

格桑花儿开，
七彩云霓献瑞来，
风情万种栽。

秋乏二首

一

秋来困意浓，
一觉睡到八点钟，
神清气爽涌。

二

秋来睡意重，
早卧早眠休养足，
生机盎然中。

大美秋晨[1]

天地有大美，
生机盎然祥云飞，
秋高气爽归。

雨后双虹

向晚起新风，
骤雨过后见双虹，
天地秋意浓。

[1] 友人顾斌拍得辛丑秋晨江苏丽影，有感而作。

山河风云七首

一

山河好壮阔，
国土庄严又巍峨，
利乐有情多。

二

大美黔贵乡，
好山好水好风光，
潇洒出尘想。

三

青藏高原莽，
天蓝云白山河壮，
扎西德勒祥。

四

江南温柔乡，
山水相依秀丽象，
滋养万年长。

五

北国风光好，
平畴吉野风物造，
化文育人饶。

六

风云变幻娇，
庐山烟雨浙江潮，
冷眼看世道。

七

风云变幻绕，

庐山烟雨浙江潮，

一揽天下笑。

天边美景

美景天边挂，

朝露如诗亦如画，

京都晨开花。

蒙古大营三首

一

蒙古大营豪，
毡房朵朵绽敖包，
初雪乐淘淘。

二

新雪凌空散，
敖包歌女迎雪赞，
心花怒放灿。

三

飞雪迎冬到，
飘飘洒洒凌空造，
灯映雪花妙。

景情杂咏四首

千百度

风放花千树，

众里寻他千百度，

人在阑珊处。

风景江山

风景这边好，

踏遍青山人未老，

指点江山笑。

风清气正

风清乾坤朗，

义士弘毅石敢当，

气正山河壮。

人面桃花

江南春正浓，
人面桃花相映红，
心草乘兴种。

山水同湾

山水同湾起，
一派风光好意气，
天人共忘机。

春俳二首

一

花开满京城，
春意盎然欣悦增，
晴日丽景胜。

二

春到京城美，
万紫千红安排魅，
只待喜惊雷。

春问二首

一

看姹紫嫣红，
云想衣裳花想容，
春风拂面浓。

二

想人类命运，
同球共济好成全，
何时迎凯旋？

花事三则

一

小院百卉生，
香氛清风美景增，
群蜂采蜜成。

二

牡丹方谢世，
芍药次第怒放至，
花事不误时。[1]

[1] 古人评花认为，牡丹第一，芍药第二。又指牡丹为花王，芍药为花相，而且牡丹和芍药通常都栽种在一起，花落花开相继出，延伸了春天，迎来了夏天。两花相得益彰，携手绽放，为夏初世间增添了意境。

三

月季伴夏来，
缤纷多彩连绵开，
香韵飘心海。

春花[1]

众花各安好，
暗香浮动春光闹，
谁弄诗兴高？

1 局大院鲜花盛开，樱花、海棠、棠棣、丁香……各展芬芳。

花观两则

一

看盛开月季，
何其精彩又提气，
花树人欣喜。

二

大美见真诚，
花开无语壮乾坤，
默默流诗韵。

荷花香海

一

万亩荷花开，
徐马荒地变香海，
好运连连来。

二

万亩荷花开，
清香四溢沁润来，
祛暑添神彩。

秋茶杂咏三首

一

丹桂喜绽放，
醒目提神数秋黄，
风动溢屏香。

二

南方有嘉叶，
清香四溢神仙窃，
禅茶一味接。

三

秋意染画喜，
半道好景君须记，
聊存心中忆。[1]

[1] 友人上班途中，见叶黄叶绿交相辉映，心生欢喜，停车摄影，留下美景示意，遂记之。

迎春

玉兔迎新到，
福寿康宁万家好，
天地春意闹。

兔年初雪[1]

初雪润新春，
洁天洁地洁人心，
丰年兆瑞增。

[1] 兔年第一场小雪，在大年初一夜间随风而至，一片洁清之象。

冬雪两则[1]

一

大雪压青松，
寒梅怒放清香涌，
竹韵新意浓。

二

京城好大雪，
如约潜入大梦觉，
诚意令人学。

1 2023 年 12 月中旬，一场罕见大雪降落北方大地，气温骤降。北京最低气温达到零下 16 摄氏度，而且持续一周左右日均最低温度都在零下 15 摄氏度上下。局大院的蜡梅绽放了，清香扑鼻。

贺新春

新年何所有，
聊赠一枝春花秀，
天地共悠悠。

甲辰春雪[1]

春雪随风至，
飘飘洒洒天地湿，
泽心润新诗。

[1] 2024 年 2 月 20 日，龙年的第一场瑞雪，不经意间降落，京城一片洁白，清爽冷艳。

甲辰龙抬头

飞龙在天游，
春到神州又抬头，
吉祥如意悠。

乙巳春分

风拂柳丝斜，
均分昼夜韵无涯，
纸鸢戏朝霞。

城市印象

卷二

南唐悠悠来，国泰民安寓意彩，和顺致祥开。

——汉俳　泰州开城

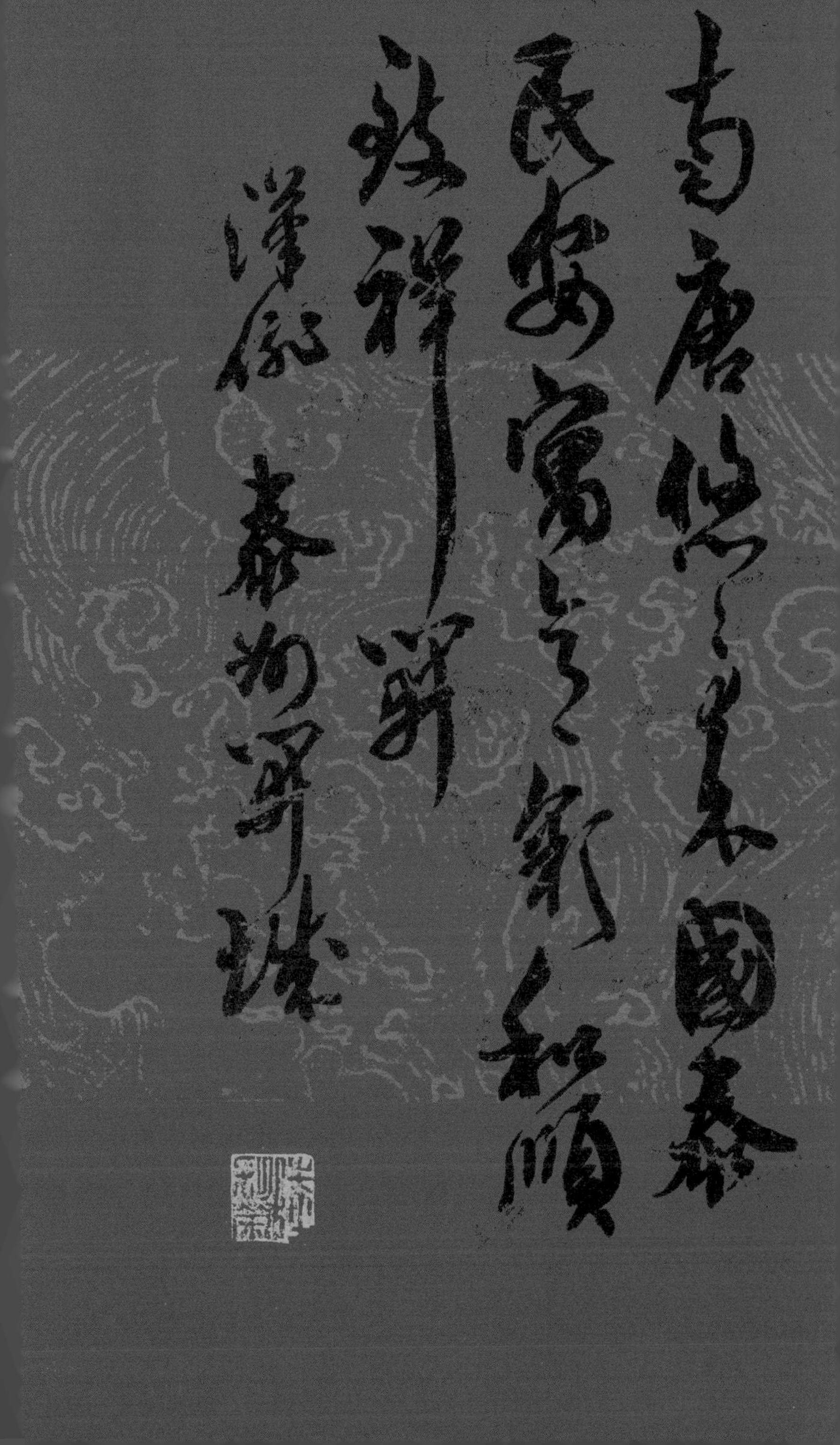

柬伊越出访俳记七首[1]

柬埔寨西港中国图书中心

文化架心桥，
图书中心境界高，
两国友谊牢。

《千年佛缘》播出签约

千年有佛缘，
电影跨境慰远愿，
中柬心境圆。

[1] 2019年4月19—28日，率团出访柬埔寨、伊朗、越南，举办系列活动，洽谈相关工作，签订若干协议，促进对外交流。

伊朗图书中心

伊朗大学城，
共建图书新中心，
中伊友好增。

“一带一路”图书首发式

“一带一路”书，
纪述历程写殊途，
合作迈大步。

真理出版社

真理出版久，
编书出书壮志酬，
利在千秋留。

岘港

岘港风光好，

世界语者聚首豪，

共创新境妙。

华校

岘港有华校，

传道授业架心桥，

安然何其骄。

连云港十俳[1]

一

海陆丝路汇，
东方桥头堡垒瑰，
古今共神威。

二

吴盐胜雪白，
滋养古今中外来，
提神壮骨彩。

[1] 2019年9月11—12日，赴连云港参加“丝路百城传”之《连云港传》首发式。参访连云港人文景象与自然景观，但觉其间山水相连、人文荟萃，得此十俳以志趣。同行者，李春林、刘传铭、彭明哲也。

三

凤凰城门开，

老街旧铺晒风采，

筋骨神犹在。

四

玉兰古树香，

花开千年散芬芳，

仙气醉客乡。

五

将军崖画远，

日月狩猎先人镌，

传神存世愿。

六

海上云台山，

山海相连美无限，

风光悦心田。

七

孔望山上行，

摩崖石刻奇伟形，

东方天书隐。

八

龙洞石窟挤，

海磨浪涌留传奇，

墨客文心继。

九

海洲有小山，
孔子望海登高站，
一片风云灿。

十

石像飞来济，
孔望山上摩崖奇，
千古文脉继。

徐州九首[1]

一

彭城徐州迭，
千古兴亡征战地，
干戈玉帛替。

二

大风起云烟，
两汉文化发祥显，
文明恒绵延。

三

石刻叙生活，
汉代画像展翅多，
人间烟火罗。

[1] 赴徐州参加第三届“中拉文明对话”研讨会。距离上次到徐州已经近20年了。徐州早已旧貌换新颜，生态文明建设突飞猛进。一座干净美丽的新徐州展现在我们面前。

四

山光水色秀，
云龙湖山美景就，
古彭生机久。

五

脏乱差逝去，
净齐新美满目聚，
古彭变新徐。

六

人工巧谋划，
水果盆景美如画，
秀色可餐夸。

七

楚王陵藏花，

金声玉振传文化，

巧夺天工挂。

八

云龙湖景佳，

天蓝水碧绿荫斜，

双鹤叫呱呱。

九

民兵支前忙，

淮海战役正气旺，

中华展新光。

俳咏兴化十五首

一

迎客情义重，
兴化大道创意浓，
水乡美与共。[1]

二

往事如烟沙，
昭阳将军跨战马，
挥师佑兴化。[2]

[1] 兴化城市建设日新月异，城南新建长近十里的兴化大道，风景怡人，乡情浓郁，长道迎远客，情深义重，美美与共。

[2] 昭阳，战国时期楚国令尹，楚昭王后裔，原为大司马，主管楚国军事。曾于楚威王六年（前334）率兵灭掉越国，将兴化一带并入楚国。而今，兴化人在南城广场树立昭阳将军征战雕像，以志其迹。

三

小巷飘人烟，

状元牌坊当街建，

功名永彰显。[1]

四

叹岁月如梭，

八字桥下绝尘波，

古街石板坡。[2]

[1] 兴化城东门街巷纵横，生活气息浓郁，其间有一条明清衢道，古名“通泰”。稍东有一条向北伸展的状元巷，是明嘉靖年间状元李春芳早年生活的地方。状元巷头当街竖立状元牌坊，始建于明嘉靖二十六年（1547），单门双柱。2009年，兴化市修复状元坊，弘德立功，养育民风。

[2] 兴化城中四牌楼东侧，东城内大街与北城内大街相交会处，原有一座单孔花岗岩石桥，参差如八字，俗称“八字桥”，始建于明成化二年（1466），距今已有近550多年历史。后城市演化，桥下河道填埋，八字桥成为旱桥，只有石板坡临街铺静立。再后来，城市改造，拆除旧桥。现在在城中心公园再造此景观。

五

悠悠岁月过，

四牌楼里牌匾多，

向上向善摞。[1]

六

念经颂佛地，

上方寺里香火递，

凡人烦心替。[2]

[1] 四牌楼位于兴化昭阳镇城中心，建于明代嘉靖三十八年后、万历十九年以前，即1559年至1591年约30年间。内有“状元宰相”和“极品封君”两块匾额，距今约有430余年。楼内顶部四面现悬挂有47块牌匾，多为铭功励志之语。

[2] 丛林名刹上方寺位于兴化城北，明末清初建成，后毁。2001年5月，上方寺二期重修工程全部竣工。一座金碧辉煌的大雄宝殿及其配殿群高耸于兴化乌巾荡景区之上，教化僧众，去烦安生。

七

英雄战事多，

乌巾荡里风浪阔，

物是人非夺。[1]

八

小院锁精彩，

板桥故居悠悠在，

疏窗绿竹盖。[2]

[1] 兴化城北有大湖，叫“乌巾荡”，有一种传说是由于岳飞追杀金兀术到此，无舟可渡，于是张弓搭箭，将金兀术乌色头巾射落荡中而得名。如今此地建有乌巾荡公园休闲景区，物是人非，胜景夺目。

[2] 郑板桥故居位于兴化城东郑家巷，坐北朝南，前后两进，有正屋坐南朝北房 3 间，另有门楼、小书斋、厨房各 1 间。1983 年全面修缮。院内栽种青竹绿荷芭蕉等，雅致清幽。故居内基本陈列为“郑板桥生平及艺术成就”，展陈郑板桥生活用具、墨迹复制品和照片以及有关研究论著等实物资料。

九

水浒传豪强，

梁山好汉单八将，

施耐庵画相。[1]

十

风光无限观，

垛田古杉万荷湾，

碧水东罗环。[2]

1 中国四大名著之一的《水浒传》大都认可是施耐庵所著，罗贯中也做了一些整理工作。施耐庵（1296—1370），原籍苏州，生于兴化。《水浒传》描写了北宋末年以宋江为首的108位好汉在梁山起义，以及聚义之后接受招安、四处征战的故事，也是中国历史上最早用白话文写成的章回小说之一。版本众多，流传极广，脍炙人口，对中国乃至东亚的叙事文学都有极其深远的影响。

2 千垛菜花、水上森林、万亩荷塘是兴化网红景点，从春到秋，风光无限。碧水东罗是千垛菜花景区边的新农村示范点。

十一

诗书继世长，
父子科第美名扬，
兴德化民强。[1]

十二

水乡好风光，
长安北延神飞扬，
人文自然强。[2]

1 父子科第，是兴化昭阳镇城中一景，位于儒学广场西南角，始建于明代，为四柱三门木石牌坊，额题“父子科第”，为嘉靖十年（1531）举人宗周、嘉靖二十九年（1550）进士宗臣而立。经过改造，周边如今已成为文学、文化活动的重要场所。

2 兴化城长安路北延工程，又称“千垛美丽公路”，跨越大片湿地，直通千垛菜花景区，该路线沿途串联徐马荒湿地公园、水上森林公园、千垛菜花景区、乌巾荡景区、八字桥文化广场等特色景点，将兴化人文景观与自然风光有机融合。

十三

城建贵融通，

疏水浚道美市容，

防洪显奇功。[1]

十四

垒土成垛田，

择高向上励乡贤，

兴化精神见。[2]

十五

春回新景开，

千垛菜花香似海，

醉美天下来。

[1] 兴化是江苏地势最低的地方，俗称“锅底洼”，兴化人因地制宜，充分挖掘水乡特色，一边防洪护堤，一边美化城市，使城市形象大为改观，其乐融融。

[2] 人文精神是城市发展的力量之源。兴化精神八个字——“垒土成垛、择高向上”，具有浓郁的地方特色，成为激励兴化150多万城乡民众奋发向上的重要动力。

欧洲三国行记十六首[1]

丹麦五首

一

小巷通四方，
条条道路连广场，
城市便利长。

二

新港景色佳，
缤纷民居河边加，
醉翻游客家。

[1] 因公务首次出访丹麦、荷兰、冰岛三国，天寒地冻，气象不凡，感慨于人类的坚毅与顽强，在如此寒冷的自然环境下，依然生机勃勃地生存着、发展着。

三

童话传千古，
美人鱼塑海边驻，
天下人争睹。

四

信不信由你，
网红小馆街边立，
笑醉游客迷。

五

市政广场边，
酒店古雅行方便，
安徒生侧面。

荷兰四首

一

蓝瓷青花样，

明清风韵飘异乡，

中荷交流强。

二

许愿挂满树，

海牙法庭秉公处，

和平之光住。

三

朝霞艳满天，
河边人家美翻仙，
景色醉人前。

四

博睿出书响，
皇家传统学术样，
量少质高强。

冰岛七首

一

瑞雪潜入夜，
茫茫一片照天阙，
踏雪签合约。

二

白楼立海边，
遗世独立孤傲偏，
苏联自此变。

三

风琴教堂响，
特立独行建造强，
向天诉心样。

四

北京煎饼香，
漂洋过海入异乡，
冰岛广场亮。

五

雪山海中立，
天地苍茫雄浑里，
斜阳染涟漪。

六

尼玛堆海边，
火山冷石千年变，
心愿寄天仙。

七

雨雪冰风堵，
寻馆访使不辞苦，
丹心照前路。

咏烟台十六首

烽火烟台[1]

奇山守御哉，

烽火连天筑烟台，

通商开埠来。

海市蜃楼[2]

蓬莱有奇观，

海市蜃楼天地宽，

何处风景灌？

[1] 为防倭寇袭扰，明王朝设立奇山守御千户所，滨海小山上筑有烽火台，遇有敌情则施放烟火报警，俗称“烟台”。

[2] 蓬莱海市蜃楼，乃古已有之天下奇观。古人不解，今人称为自然现象。

徐福东渡[1]

徐福东渡往，
三千童子下东洋，
赶海进扶桑。

三大游记[2]

三大游记喜，
求法西域见闻起，
文明互鉴系。

1 秦始皇时期，徐福以寻仙求药为由，率三千童男童女及百作工匠、弓箭手等万人以上，漂洋过海，抵达日本，在大海上开辟了一条生路。

2 公元9世纪中叶，日本高僧圆仁在中国求法十年，足迹遍及半个中国，写下《入唐求法巡礼行记》，与我国高僧玄奘的《大唐西域记》，意大利旅行家马可·波罗的《东方见闻录》，并称为“世界三大旅行游记”。

四大古港[1]

开海通关忙，
登明泉穗四大港，
南北向洋张。

礼敬远客[2]

循海岸水行，
东方丝路踏波兴，
登州远客敬。

戚继光[3]

封侯非我惦，
护民佑国保安宁，
但愿海波平。

[1] 登州与明州（今宁波）、泉州、广州并称“中国四大古港”，在古代通海贸易中发挥了重要作用。

[2] 唐代社会文化兴盛，吸引朝鲜、日本使者纷纷“循海岸水行”，从登州上岸，入唐学习。朝廷在八角海口设了专门接待机构，盛情款待。他们归国时，朝廷还要回赠物品，礼敬远客。

[3] 年仅17岁的戚继光世袭登州卫官职，担负抗倭使命。次年，他写下诗句“封侯非我意，但愿海波平”，表达其雄心壮志。

郑文公碑[1]

郑文公书碑，
云峰摩崖刻石美，
大道藏山归。

雪山论道[2]

雪山论道贤，
欲罢干戈致太平，
一言止杀名。

1 郑文公道昭，曾在胶东为官，在云峰山上刻石存志，为胶东，也为中国书法留下了一座书法名山。

2 烟台栖霞人氏丘处机，历时三载，到达今天的阿富汗。他在兴都库什山（俗称“大雪山”）见到了成吉思汗，并劝诫一代天骄停止杀戮，敬天爱民，推行孝道，得到成吉思汗的器重，史称“雪山论道”。这也让矢志“欲罢干戈致太平”的丘处机成为一代伟人，乾隆皇帝盛赞丘处机有“一言止杀”之奇功。

甲骨文之父 [1]

药材有龙骨，

廉生一见把史补，

文明越千古。

红富士苹果 [2]

苹果红富士，

烟台名片天然赐，

世人口福至。

[1] 烟台人氏王懿荣，字正儒、廉生，率先发现甲骨文，被称为“甲骨文之父”。甲骨文的发现，重新确定了殷商一代历史，并把中国文明上溯千年，成为中国乃至世界考古学史上的重大事件。

[2] 烟台盛产苹果，尤以红富士品种而享盛誉，为人间增添了美食佳果。

灯塔[1]

汪洋一片深，
长海漫漫迷航程，
灯塔照远行。

渔灯节[2]

胶东祭海神，
星光点点送渔灯，
平安祝远人。

1 灯塔，海上航行的指路明灯，方便远航的伟大创造。海事不能没有灯塔，人生又何不如是？诗与远方，没有灯塔，就没有了意义。

2 渔灯节是胶东渔民的一种祭海习俗，每年正月十三举行，已被列为国家级非物质文化遗产。

葡萄酒

品重醴泉久，
且喜民众多饮酒，
美好生活秀。

明天更美好

众人拾柴高，
改革开放起新潮，
烟台更美好。

烟台传首发[1]

红潮伴书香，
辉映伟业百年强，
人民江山长。

[1] 2021 年 7 月 17 日，“丝路百城传”之《烟台传》首发式在第 30 届全国书博会烟台分会场隆重举行。

咏上海十首

一

西风东渐数，
十里洋场建魔都，
新世界开堵。[1]

二

七国八制造，
外滩风情世界潮，
开放搞活好。[2]

1 “堵车”是“大城市病”的代表，也是城市文明进化的代价之一。

2 上海城市建设受“西风东渐”影响颇多，外滩建筑更被称为“万国建筑博物馆”。这倒也体现了上海这座现代大都市兼容并蓄、开放包容的城市性格。正是这种海纳百川、敢为人先的创新精神，帮助上海快速崛起，成为现代城市发展的典范。

三

黄浦兴业路，
一大会议巧过渡，
中国开新途。[1]

四

积贫积弱错，
石库门里弄风波，
开天辟地活。[2]

1 黄浦区兴业路 76 号，是中国共产党第一次全国代表大会会址之一。中共一大会址，是中国共产党人的精神家园。

2 近代中国，积贫积弱，民不聊生。中国共产党人在上海揭竿而起，以开天辟地、敢为人先的首创精神，开启了振兴中华、强国富民的伟大历史进程，创造了复兴中华文明与东方文明的人间奇迹。

五

沪上学府多，
知识密集名校阔，
旦复旦兮过。[1]

六

浦东新区好，
改革开放起新潮，
自贸更精妙。[2]

1 日月光华，旦复旦兮，是复旦大学之寓意。博学而笃志，切问而近思，是复旦校训。余 20 世纪 80 年代初在此校新闻系学习四年，深受教益，颇得精进，能不谢之乎？

2 浦东开发，是中国改革开放的又一波潮流，而上海自由贸易区的建设，更加深了对外开放的步伐，推动了中国改革开放向纵深拓展。

七

上海世博会，

惊艳世界载誉归，

中华振翅飞。[1]

八

进博惠四方，

天下名品聚沪上，

开放利民强。[2]

[1] 上海世博会，是一届精彩成功的国际交流活动。其主题“城市，让生活更美好”，已经成为一句响亮的口号传遍世界。

[2] 中国上海进口博览会，是加快对外开放，推进经济全球化的重要举措，也是利及天下、惠及民众的创新之举，正日益受到全球客商的好评。

九

沪上小吃店，
生煎包子黄鱼面，
月饼青团甜。[1]

十

年糕毛蟹稠，
响油鳝糊马兰头，
石库门黄酒。[2]

[1] 近代以来，上海商业发达，流动人口众多。快餐式小吃品种丰富、花样繁多，既实惠又美味，深得南来北往各路人马喜欢。这里只点出几样为代表，其中，上海现做现卖的鲜肉月饼是一特色，广受好评。

[2] 美食美景是地方特色的重要组成部分，美食是物质享受，美景则是精神享受，二者互为补充，相得益彰。上海菜品以江南菜系为主，融合淮扬菜品和杭帮菜品特点，清淡可口，健康怡人，经典石库门品牌黄酒佐菜，甚为相宜。

咏京城十二首

一

天下无双灿，
不到长城非好汉，
五洲登高赞。

二

故宫故事多，
紫禁城里梦想摞，
岁月不蹉跎。

三

金水桥涌霞，
天安门上立中华，
豪情浪叠加。[1]

[1] 1949年10月1日下午3时许，毛泽东主席在天安门城楼上庄严宣告："中华人民共和国中央人民政府已于本日成立了！"

四

天地日月坛，
四坛筑起京城范，
九州共探看。

五

中信楼横空，
一柱擎天日月弄，
傲视大苍穹。[1]

[1] 中信楼（北京中信大厦）是北京最高的建筑，位于北京朝阳区商务区，紧邻中央电视台新址，已成为北京新的地标建筑之一。

六

奥运来中国，
冬夏共举独花落，
惊艳京城逐。[1]

七

古今风情揽，
千年之城看雄安，
中华福祚赞。[2]

[1] 在奥运会历史上，一个城市同时举办冬夏奥运会的，迄今只有北京。

[2] 河北雄安作为分担首都部分功能的新行政中心，正在按照建设千年之城的高标准加速发展中。

八

全聚德藏宝，

北京烤鸭美名俏，

天下食客绕。[1]

九

同仁堂药店，

中华本草传千年，

济世救人命。

十

六必居酱园，

咸菜小品成大全，

滋味美名远。

[1] 经过岁月洗礼，北京烤鸭已经成为北京美食代表性食品。到北京，一是爬长城，二是吃烤鸭，成为国内外游客的不二选择。逛北京，如果没有爬长城，没有吃烤鸭，就等于没来北京，此为公认说法。

十一

北京炸酱面，
面少码多滋味绵，
荤素搭配变。[1]

十二

古旧文玩绕，
琉璃场里风光好，
墨客雅趣笑。

[1] 北京美食众多，特色的谭家菜堪称经典。但大众美食则以炸酱面、卤煮、炒肝、豆汁、灌肠等为主。仅以炸酱面为代表咏之。

江都公主和亲[1]

细君和亲祥，
愿为黄鹄归故乡，
情深意荡漾。

咏扬州十二首

一

扬一益二悠，
千年运河铸风流，
安民乐事就。[2]

1 西汉元封六年（前 105），江都公主刘细君奉汉武帝刘彻之命，与乌孙国首领和亲，比王昭君出塞早 72 年。她在那里生活了十余年，为安边护国作出重要贡献，最后病逝他乡，厥功至伟。刘细君在乌孙国时，怀乡心切，写有《悲愁歌》，末句为“愿为黄鹄兮归故乡”。

2 唐朝时长江流域的商业城市，以扬州、益州（今成都）为两个中心。安史之乱后，北方经济地位下降，长江流域地位上升，大运河更加速了扬州等江南城市的发展。扬州、成都成为全国最繁华的工商业城市，经济地位超过了长安、洛阳。所以有“天下之盛，扬为首”的说法，成都物产富饶，故得“扬一益二”之说。

二

堂亦可平山，

无边光景四时灿，

良田沃野赞。[1]

三

一河连八方，

六下江南美名扬，

天地人欢畅。[2]

[1] 大明寺内有平山堂，堂前曾有良田万顷，沃野千畴。晴好之日，可远眺江南山峦，风景绝佳。

[2] 康熙、乾隆二帝均曾六次南下江南，扬州是其重要驻跸之地。乾隆帝曾于乾隆十六年（1751）、乾隆二十二年（1757）、乾隆二十七年（1762）、乾隆三十年（1765）、乾隆四十五年（1780）、乾隆四十九年（1784）六次巡幸江南，几乎每次都要到江宁府（今南京）、苏州府、杭州府、扬州府，后四次还巡幸了浙江的海宁。

四

看春江月朗，

桃红柳绿杏花黄，

蹁跹舞霓裳。[1]

五

有风情无数，

春风十里扬州路，

三月烟花妒。[2]

[1] 《春江花月夜》是唐代扬州诗人张若虚的诗作，通篇将诗情、画意、哲理融为一体，意境隽永，素有“孤篇盖全唐”之美誉。

[2] “春风十里”出自唐代诗人杜牧的诗《赠别·其一》：“娉娉袅袅十三余，豆蔻梢头二月初；春风十里扬州路，卷上珠帘总不如。”“春风十里”指（扬州城里）歌楼的繁华。“烟花三月下扬州”出自唐代诗人李白的诗篇《黄鹤楼送孟浩然之广陵》。这是一首寓离情于写景的送别诗，表达了无尽的思念、惜别、问候和寄托。

六

忆马可·波罗，
骑鹤扬州不蹉跎，
瘦西湖弄波。[1]

七

矢志穿海路，
鉴真东渡弘法度，
扶桑焚香炉。

[1] 马可·波罗（1254—1324），意大利人，著名的国际旅行家。1275年来华，受到元世祖忽必烈的礼遇和重用，先后代表元政府出使过波斯、印度、安南等地，并在扬州任官三年（1282—1284）。为纪念这位来自威尼斯的友好使者，2010年经中华人民共和国外交部同意、国家文物局批准，在扬州市广陵区泰州路102号兴建了马可·波罗纪念馆新馆。

八

鉴真东渡行，

百折不挠意志坚，

弘法显雄心。[1]

九

文心雕龙也，

扬州八怪何来怪？

载道好气派。[2]

[1] 鉴真（688—763），原姓淳于，14岁时在广陵（今扬州）出家，刻苦好学，中年便成为颇有学问的和尚。唐天宝元年（742）起，他应日本僧人邀请，先后6次东渡，历经5次失败，最终于754年到达日本。他带去了大量的书籍器物，留居日本10年，除弘扬佛法外，还勤勉不懈地传播唐朝的医学、艺术、建筑、雕塑等文化成就，受到日本各界尊敬，被尊为“日本律宗初祖”。鉴真根据中国唐代寺院建筑的样式，为日本精心设计建造了唐招提寺。763年5月6日，鉴真在唐招提寺圆寂，入灭之前，其弟子为鉴真膜影，立夹漆像，传世至今。

[2] “扬州八怪”是清康熙中期至乾隆末年活跃于扬州地区的一批风格相近书画家的总称，美术史上也常称其为“扬州画派”，较为公认的成员包括：金农、郑燮、黄慎、李鱓、李方膺、汪士慎、罗聘、高翔。他们大多出身贫寒，生活清苦，清高狂放，往往以书画抒发心胸志向、表达真情实感，书画风格异于常人，不落俗套，得笔以载道真谛。

十

朝来皮包水，
晚来水包皮相随，
广陵散心追。[1]

十一

玉带飘逸中，
二十四桥映月弄，
长虹卧波涌。[2]

[1] 扬州是一座有两千多年历史的古城，长期的安逸生活，使许多生活习惯沿袭下来，如清晨去喝一杯早茶再品尝一下特色点心，叫早上“皮包水”，入夜去澡堂泡个澡，叫晚上“水包皮”，就是这一带典型的生活方式，也是扬州人最好的享受。《广陵散》，又名《广陵止息》，是中国音乐史上著名的大型古琴曲之一。

[2] 扬州二十四桥又称为“廿四桥”，是古代桥梁建筑的杰作。历史上的二十四桥早已颓圮，经过规划，扬州市在瘦西湖西修长桥，筑亭台，重修了二十四桥景点，为古城扬州增添了新的风韵。二十四桥为单孔拱桥，汉白玉栏杆，如玉带飘逸，似长虹卧波。桥长 24 米，宽 2.4 米，栏柱 24 根，台阶 24 级，处处都与二十四对应。

十二

竹西佳处在，

淮左名都今又来，

辉煌梦里开。[1]

[1] 竹西：竹西亭，扬州名胜之一，在扬州北门外。淮左名都：指扬州。宋朝的行政区划设有淮南东路和淮南西路，扬州是淮南东路的首府，故称“淮左名都”。左，古人方位名，面朝南时，东为左，西为右。“淮左名都，竹西佳处，解鞍少驻初程。过春风十里，尽荠麦青青。自胡马窥江去后，废池乔木，犹厌言兵。”语出宋代词人姜夔的代表作《扬州慢·淮左名都》，开头三句点明扬州昔日名满国中的繁华景象，以及自己对传闻中扬州的深情向往；接着二句写映入眼帘的只是无边的荠麦，与昔日盛况截然不同；“自胡马”三句，言明眼前的残败荒凉完全是金兵南侵造成的，在人们心灵上留下不可磨灭的创伤。古老文明的扬州，正在实现伟大中国梦的历史进程中，重新焕发生机，开启新辉煌。

咏泰州十四首

一

南唐悠悠来，
国泰民安寓意彩，
和顺致祥开。[1]

二

风城河水欢，
望海楼伴天地宽，
气象非凡贯。[2]

[1] 泰州是国家历史文化名城，秦称海阳，汉称海陵，州建南唐，文昌北宋。南唐时（937）为州治，取“国泰民安”之意，始名泰州。泰州人文荟萃、名贤辈出，“儒风之盛，素冠淮南”。王艮、刘熙载、施耐庵、郑板桥、梅兰芳是泰州文化艺术史上的杰出代表人物。

[2] 望海楼是江苏泰州的著名景点，是泰州的标志性建筑，位于泰州凤城河风景区（AAAA 级）内，初建于南宋绍定二年（1229），被誉为“江淮第一楼”。此楼屡毁屡起，大多毁于兵火而起于盛世。

三

一马平川下，
风调雨顺醉流霞，
水润百姓家。[1]

四

春回新景开，
千垛菜花香似海，
醉美天下来。

[1] 泰州地处里下河平原，河湖港汊众多，河有万顷皆碧水，水润万家。

郑板桥 [1]

诗书画三骄，
扬州八怪郑板桥，
六分半里笑。

施耐庵 [2]

梁山打天下，
一部《水浒》传万家，
白话小说佳。

[1] 郑板桥文艺创作重在直抒胸臆，在书法创作上创造了“六分半书”，独标书坛。

[2] 《水浒传》是中国历史上第一部用白话文写成的章回体长篇小说，在中国和世界文学史上具有重要意义，施耐庵也因此被誉为“中国长篇小说之父”。

梅兰芳[1]

西皮二黄响，

梅派京剧动四方，

唱做念打亮。

王艮[2]

日用即道信，

泰州学派传真情，

天德良知敬。

[1] 西皮和二黄是京剧的两大主要声腔。同二黄相比，西皮一般较为高亢刚劲、活泼明快。又有反西皮腔调，也包括二六、摇板等板式。

[2] 王艮（1483—1541），字汝止，号心斋，明代哲学家，创立传承阳明心学的泰州学派。他提出“百姓日用即道”的观点，强调“知之为知之，不知为不知，是天德良知也”。

溱潼会船 [1]

祭奠英魂传，
溱潼会船波浪欢，
万人空巷观。

茅山号子 [2]

民歌真情现，
茅山号子响云天，
劳动威武添。

[1] 溱潼会船源于宋代，是一种古老的传统民俗活动，主要分布在里下河水乡，纵横数百平方公里。原为每年清明节撑篙子船，争先扫墓，祭奠英魂，久而久之，形成撑会船的习俗，通常分为篙船、划船、花船、贡船等类型，寄寓了民众的美好愿望和祈盼，期盼国泰民安、生活富裕、人世昌隆、人寿年丰。

[2] 茅山号子诞生于秦代，是流行于江苏兴化茅山地区的传统音乐，千百年来演唱不衰。它以舒缓悠长的音调旋律，明快有力的音乐节奏，快慢自由的演唱速度，分合有致的歌唱形式，形成了高低协调、咏叹自如而独特的民歌风俗。2011 年，被列为国家级非物质文化遗产。

板桥道情[1]

借淮扬小调，
民间疾苦耳边绕，
板桥道情高。

千垛菜花[2]

千垛风景佳，
田无一处不黄花，
天下游人家。

[1] 道情是中国传统曲艺品种的一个类别。郑板桥先生看中了这一为百姓喜闻乐见的民间艺术形式，精心创作《道情》十首，定名《小唱》，直抒胸臆，“道着民间痛痒”。

[2] 兴化千垛景区又称千岛菜花景区，是全球重要农业文化遗产，以“垛田”特色地貌享誉全球。“垛”是里下河地区独有的一种农业景观。在水网纵横、泥土匮乏的水乡，勤劳智慧的兴化人民在湖荡沼泽地带开挖网状深沟或小河，堆土如垛，建成可以耕作的垛田，形成了垛田奇观。

白马庙[1]

白马非真马，
人民海军英雄家，
雄威震天下。

祥泰之州[2]

难得糊涂时，
祥泰之州幸福地，
吃亏是福至。

1 人民海军诞生地——泰州白马庙。1949 年 4 月 23 日，中国人民解放军的第一支海军——华东军区海军在泰州白马庙宣告成立。1989 年 2 月 17 日，中央军委正式决定泰州白马庙为中国人民解放军海军诞生地。

2 此俳将先人郑板桥的两句名言镶嵌其中，“难得糊涂”与“吃亏是福”，延展俳句历史时空。

《海南岛传》五首

一

椰风海韵高，

天下何处无芳草，

小传传大道。[1]

二

丝路聚文佳，

披肝沥胆求上下，

一传动天涯。

百城命运与共加，

千年文脉续风霞。[2]

[1] “小传”乃传记之“传”。

[2] 百城，指“丝路百城传”之“百城”。

三

笔底波澜字，
写尽琼岛千古事，
窥透红尘势。

四

千古弄潮地，
伏波将军黄花梨，
沉香袅袅立。

五

天涯海角遥，
封岛开放起新潮，
期盼传捷报。

广州小蛮腰电视塔六首

一

七彩小蛮腰，
夜幕之下更妖娆，
开怀向天笑。

二

江边小蛮腰，
听涛弄风四季骄，
珠江荡新潮。

三

凌空小蛮腰，
拔地而起创新高，
风景秀独好。

四

羊城小蛮腰，

临江而造舞姿妙，

访客叹今朝。

五

璀璨小蛮腰，

读懂中国领风骚，

意境更逍遥。

六

婀娜小蛮腰，

多姿多彩冲云霄，

心潮逐浪高。

兰州印象三首

一

四库全书成，
经史子集七部神，
散存九州深。

二

快雪时晴帖，
风华绝代衍生息，
书道美万迭。

三

大雪踏归程，
蓬灰牛肉面情深，
兰州快意增。

兴化秋赋三首

一

兴化风光好，
河湖港汊万水绕，
一派神韵豪。

二

家和万事亮，
开枝散叶福满堂，
其乐融融长。

三

春华秋实酬，
天增岁月人增寿，
福乐到永久。

敦煌组俳

莫高窟

大漠藏宝窟，
千佛洞里避世故，
艺高传万古。

藏经洞

敦煌写经旺，
青灯黄卷舒心荒，
入定慰远芳。

榆林窟

深沟凿仙洞，
雕佛画神存艺工，
古今膜拜同。

张芝

草圣故里远，
锁阳古城锁长愿，
冠军法帖炫。

玄奘纪念馆

玄奘意念坚，
西行取经磨难险，
东渐佛学贤。

敦煌文博会

敦煌文博会，
“一带一路”话经纬，
命运共同归。

西藏组俳

百里画廊

山水成画廊，
鬼斧神工造化长，
传统水墨香。

青稞之乡

青稞生后藏，
高原长出大粮仓，
济世乐民强。

鲁朗小镇

小镇名鲁朗，
生在藏南国道旁，
创意风情长。

雅江

雅鲁藏布江，
绕山绕水绕路长，
滋物育民芳。

雪山

雪山随处生，
青藏高原时时增，
接天连云成。

八廓街

八廓四通达，
信众转街呢喃啥？
心愿绕寺发。

布达拉宫

夏候风物长，
布达拉宫依山上，
巍峨向天傍。

林芝松海

古松千年长，
向天望月随日上，
松涛万古响。

青藏铁路

天路自古难，
世界屋脊筑路干，
奇迹天下看。

西藏印象十八首

一

喜见拉萨站，
青藏铁路姿伟岸，
世界屋脊灿。

二

山城入云耸，
布达拉宫沐春风，
世人睹芳容。

三

民主改革张，
百万农奴大解放，
藏区慨而慷。

四

山路弯弯绕，
天高云淡奇景好，
日圆傍地靠。

五

山水相连长，
羊卓雍湖绵绵藏，
高入云天上。

六

山水如画图，
传统水墨美景路，
长伴拉日途。

七

又见菜花黄，
蓝天白云伴峰长，
美景醉心乡。

八

南伊沟里亮，
天边牧场诗画长，
自然美飘香。

九

高原入新乡，
电塔伴路高速长，
生生不息强。

十

青藏高原上，
无限生机山间藏，
天高云疯长。

十一

青稞傍山长，
世界屋脊生机旺，
后藏藏粮仓。

十二

林芝松海旺，
南迦巴瓦没云乡，
游人叹观赏。

十三

世界屋脊长，
天高云灿风清扬，
扎西德勒样。

十四

哈达洁又白，
云上风景寄澎湃，
人间多喜态。

十五

山河好壮阔，
国土庄严巍峨多，
利乐民众做。

十六

仙鸟黑颈鹤，
翩翩起舞醉山河，
晋美旺措歌。

十七

昔日旧西藏，
封建压迫剥削常，
天昏地暗脏。

十八

今日新西藏，
天蓝路宽山河壮，
风物无限长。

漳州三首

一

昔日海禁僵，
漳州月港通四方，
东西贸易强。

二

当年逐利荒，
西葡英荷殖民狂，
丝瓷茶暗伤。

三

地理大发现，
全球经贸交易显，
漳州功德见。

都江堰二十首[1]

一

夏雨送清凉，

都江堰里功德漾，

山水荡吉祥。

二

江流天地中，

鱼嘴静卧夏波冲，

雨后山气涌。

1 因举办“丝路百城传”之《成都传》首发活动，到都江堰体验千年灌溉工程与李冰父子的无量功德。是日，雨过山青，风清气爽，得此组俳以记之。

三

堰功道神武，

高德大贤对对塑，

千年古木护。

四

雕梁又画栋，

南桥雍容架江中，

贵气贯长空。

五

老街小巷红，

茶马古道乐融融，

风光千年通。

六

晚来闪霓虹，
宝瓶晓月映长空，
涛声依旧雄。

七

高楼卧眠窘，
车如流水彻夜涌，
涛声震长空。

八

江水千古涌，
声若洪钟震长空，
离堆波浪弄。

九

宝瓶口听涛，
滚滚江水明月闹，
夏夜霓虹笑。

十

宝瓶口听涛，
千年波涌丰登潮，
都江堰妙招。

十一

江堰越千年，
分洪减旱大德贤，
福泽亿万民。

十二

神来巨笔功，
浅淘深堰分流涌，
千古福报中。

十三

伏龙观降魔，
汹涌澎湃息洪波，
老鱼口峰错。

十四

离滩巧分流，
错峰削波适时就，
旱涝保收悠。

十五

安澜桥晃悠，
东倒西歪难停留，
千古波涛休。

十六

二王庙敬久，
李冰父子功德留，
低堰深塘修。

十七

水利典范修，
成都平原自此救，
旱涝不再愁。

十八

南桥连江岸，
茶马古道焕新颜，
商贾不等闲。

十九

古城老街火，
店铺连连风情多，
物与民胞做。

二十

滚滚泯江水，
昼夜不息山河随，
日月星共追。

成都印象十五首[1]

一

文翁化蜀来，
民智开启礼乐开，
天府厚德载。[2]

二

青城天下幽，
都江堰里风光秀，
天府之国就。[3]

[1] 感念天府之国大自然鬼斧神工、人文福泽恩厚，得此组俳以记之。

[2] 汉景帝时，朝廷派文翁做蜀郡太守。他治蜀期间致力于兴学、治水，功德丰茂。文翁兴学，极大地改变了蜀地的价值取向和文化生态，儒雅之风取代了蛮夷习气，厚德崇文，文明开新局。

[3] 李冰父子受命治水，创造性地建立了都江堰水利工程，解决了天府之国的水患，保障了成都平原的安宁与稳定。可以说，没有都江堰，就没有天府之国。

三

九天开成都，

万户千门入画图，

江山锦绣如。[1]

四

熊猫大国宝，

繁育基地神奇造，

世界真奇妙。[2]

1 化自唐李白《上皇西巡南京歌》。

2 四川是世界珍稀动物、中国国宝大熊猫的故乡。为保护大熊猫，四川人付出了巨大的努力，建立了世界一流的大熊猫繁育保护基地。

五

三城三都求，

巴蜀文明传承就，

天府文化秀。[1]

六

麻婆豆腐稠，

东坡肘子回锅肉，

夫妻肺片秀。[2]

七

开水煮白菜，

宫保鸡丁鱼香来，

国宴添精彩。[3]

[1] 成都致力于传承巴蜀文明，发展天府文化，努力建设世界文化名城、世界旅游名城、世界赛事名城，国际美食之都、国际音乐之都、国际会展之都。

[2] 均为经典川菜菜品。

[3] 川菜色香味俱佳，尤以麻辣著称，但清淡的开水煮白菜却独树一帜，并进入国宴。

八

蜀民乐子畅，
苍蝇馆子麻辣烫，
更有串串香。[1]

九

少不入川谬，
悠悠万事心安乐，
老不离蜀妙。[2]

[1] 成都人将街边小饭馆称为“苍蝇馆子”，麻辣烫、串串香，都是川菜小吃。

[2] 逸豫可以亡身，忧劳可以兴国，是中华古训。“少不入川、老不离蜀”，是流行已久的俗语，指的是在四川生活对人们生存状态的影响。它从一个侧面反映了天府之国物产丰富，人杰地灵，生活安逸，悠哉乐哉的生活景象。然而，这其中，也有曲解之处，正面认知四川生活，在今天具有重要意义。

十

巴山蜀水涌，
李杜诗风万世雄，
文坛乐无穷。[1]

十一

三星堆惊艳，
青铜神树玉琮片，
纵目人天仙。

[1] 一方水土养一方人。巴山蜀水，秀丽壮美。自古以来，养育了勤劳智慧而又懂得享受生活的四川人，养育了四川的文化文明，养育出李白、杜甫为代表的无数仁人志士，创造了四川丰富多彩的文化生活。

十二

纵目惊天下，
青铜神树震万家，
三星堆彩霞。[1]

十三

有钱就讲究，
蜀民心态天下优，
没钱就将就。[2]

[1] 沉默三千年，一醒惊天下。2021 年 3 月 20 日，“考古中国”重大项目工作进展会在成都举行，通报了四川广汉三星堆遗址重要考古发现与研究的阶段性成果。目前，三星堆遗址考古工作正在进行中，新发现的 6 个“祭祀坑”已发掘至器物层，出土金面具残片、鸟型金饰片、金箔、眼部有彩绘铜头像、巨青铜面具、青铜神树、象牙、精美牙雕残件、玉琮、玉石器等 500 余件重要文物，惊艳世界。

[2] 成都人性格多温雅大度，进退自如，心态淡然平和，反映在生活中就形成了“有钱就讲究，没钱就将就”的拿得起、放得下、想得开的生存智慧。

十四

蜀人千古修，
庙堂江湖生态优，
上下同心求。[1]

十五

蜀民好优悠，
遨头遨床共遨游，
官民同乐透。[2]

[1] 四川特别是成都，在两千多年的历史进程中，庙堂与江湖，较长时间保持了上下同心、和衷共济的优美政治生态。

[2] 成都自古游赏风盛，俗好娱乐。唐宋承平时期，该地每年固定的年节游乐活动就有23次。蜀郡太守带领民众去郊外游玩叫“遨游”，民众玩累了坐着随身带的小凳休息叫“遨床”，太守则被民众称为“遨头”，官民同乐，其乐融融。

成都文化印象七首

一

成都传首发，
最美书店方所下，
丝路百城佳。

二

盎然太古里，
方所书店数最美，
香冠亚洲伟。

三

宽窄巷子深，
见山散花书院情，
香远益清敬。

四

宽窄哲理深，

人山人海优悠行，

温文尔雅增。

五

成都诗婢家，

百年老店传文化，

诗书画俱佳。

六

相如赋琴台，

忠贞不渝护花来，

耙耳朵出彩。

七

蜀城故事多，
芙蓉春梦无痕作，
西岭东吴过。

大湾区

华南大湾区，
粤港澳合开新衢，
共襄大业续。

成都新咏

一

东郊记忆仙，
大众娱乐开新篇，
春望醉心田。[1]

二

哪吒火世界，
中国故事动漫解，
蓉城创新阶。[2]

[1] 成都国际时尚产业园，又称“东郊记忆”，是成都新崛起的文化创新基地，业态丰富，时尚出圈，洋溢着青春气息。

[2] 中国动画电影《哪吒2》火爆全球，票房收入过百多亿，创下世界动画影史票房新纪录，制作公司就在成都高新产业园。

三

携手向未来，

复兴书屋迎春开，

民建四川彩。[1]

1 由中国外文局主导的公益项目——复兴书屋捐建活动，已经分布在山西、湖南、云南、福建、深圳、宁夏等地。第 16 个复兴书屋乙巳正月落户民建四川省委直属双城数字经济和乡村振兴三特支部，美美与共。

杂咏四川

一

蜀锦开朗豁，
五星东方利中国，
千秋永不落。[1]

二

茶道生蓉城，
美味润心泛禅增，
济世添仙圣。[2]

[1] 汉代蜀地织锦“五星出东方利中国”，是国家一级文物，20 世纪中国考古最伟大的发现之一。1995 年 10 月，由中日联合考察队在新疆和田尼雅遗址的一座古墓中发现，现存新疆维吾尔自治区博物馆，系首批禁止出国（境）展览的文物。

[2] 茶道在成都源远流长，有优雅的程序和礼仪，重在养心悟道，禅茶一味，后传至日本、韩国等地。

三

浪花淘英雄，
一壶浊酒喜相逢，
古今笑谈中。[1]

四

剪烛西窗地，
不尽山川奔眼底，
把酒桑麻替。

五

蜀人爱蜀山，
图画苍茫咫尺间，
花潭钓舟闲。[2]

1 化自明杨慎《临江仙·滚滚长江东逝水》。
2 化自元虞集《题王庶山水》。

六

蜀道出行难，
千古叹息太白散，
今日不再烦。[1]

七

得胜热衷肠，
漫卷诗书喜欲狂，
青春是故乡。

八

四月芳菲开，
美丽画卷次第来，
天地多精彩。

[1] “蜀道之难，难于上青天”，李白的千古绝唱反映了古代出入四川的艰难。世事移易，而今航路、铁路、公路、水路，天上地下联通的立体交通网，早已打破闭塞，让天府之国畅通世界。

九

蜀江碧悠悠，

四望烟花匝郡楼，

春来挂梢头。[1]

十

春来牡丹漫，

祥云径尺照金盘，

富贵喜乐伴。[2]

十一

绚烂锦霞来，

花开万萼花如海，

好共诗人彩。[3]

1 化自唐高骈《锦城写望》。

2 “祥云径尺照金盘”为陆游诗句，足见花朵之大。

3 “花开万萼花好海”，出自张大千诗《故乡牡丹》。

十二

东溪春雨时，

浅深红腻压繁枝，

莺啼添语诗。[1]

十三

枝头闹芳菲，

凌云健笔写花蕊，

好把春魂追。

十四

芳春满蜀乡，

半随风雨断莺肠，

花溪惹惆怅。[2]

[1] 化自唐薛涛《棠梨花和李太尉》。

[2] 化自唐郑谷《蜀中赏海棠》。海棠被誉为“花中神仙”。

十五

吴中狂士妒，

成都海棠十万株，

繁盛天下无。[1]

十六

春意随风浓，

人面桃花相映红，

美美乐与共。[2]

十七

画船弄波中，

夕阳西下满江红，

墨客诗情涌。

1 海棠别名“蜀客”，足见蜀地此花之盛。陆游曾在成都为官，自称“吴中狂士”。因深爱海棠，自号“海棠癫”。

2 “人面桃花相映红”系唐崔护《题都城南庄》诗句。

十八

满城尽种花，
梨杏桃李次第挂，
美景惹人夸。

十九

花木扶疏见，
冬日红梅夏日莲，
池水亦桑田。[1]

二十

题诗寄草堂，
遥怜故人思故乡，
花枝亦断肠。[2]

1 “冬日红梅夏日莲”，出自蜀中“五老七贤”、世称晚清第一词人赵熙之《下里词送杨使君入蜀》，末句为“摩诃池水亦桑田”。

2 化自唐杜甫挚友高适《人日寄杜二拾遗》。

二十一

造化弄人归，

芙蓉国里尽朝晖，

花诗片片飞。[1]

二十二

文同善画竹，

意在笔先巧着墨，

胸有成竹著。

[1] 后蜀皇帝孟昶宠爱花蕊夫人，花蕊夫人喜爱芙蓉。为讨花蕊夫人欢心，孟昶下令在成都城墙上遍植芙蓉。官民跟进，芙蓉遍成都，故成都成了蓉城。1983 年，成都市民投票选出芙蓉为成都市花，市人大遵从民意而定之。

俳咏中山

一

五桂山逶迤，
伟人故里风光霁，
千秋大业系。[1]

二

逸仙出中山，
自由博爱济世难，
天下为公灿。[2]

[1] 中山山水秀丽，五桂山是其主要山脉，风光旖旎。

[2] 自由博爱、天下为公，是孙中山伟大胸怀的集中体现，启迪民智，影响深远。

三

建立共和阔，

和平奋斗救中国，

振兴中华火。[1]

四

村小乾坤大，

一椽得所翠亨家，

五桂安天下。[2]

五

书以载道行，

盛世危言震古今，

商战与时进。[3]

1 孙中山放弃改良，走上革命道路后，第一个提出了“建立共和，振兴中华”的响亮口号，并矢志“和平、奋斗、救中国”。

2 孙中山故居正门有对联一副，“一椽得所，五桂安居”。先生安居，天下始得为公出。

3 清代中山名人郑观应审时度势，立足中国，放眼世界，写成了旷世名著《盛世危言》，提出了商战理论，呼吁国人跟上世界现代化潮流，呼唤社会总体变革，影响广泛，意义长远。

六

凤凰花开艳，
才华为人类贡献，
红棉满园恋。[1]

七

博爱又诚信，
中山慈善万人行，
乐为天下先。[2]

[1] 中山纪念中学建于五桂山下，占地860多亩，夏季凤凰花开，冬天红棉满园，景色美艳，是全国最美的中学之一。校训“祖国高于一切，才华贡献人类”，继承并弘扬了孙中山精神。

[2] 20世纪八九十年代，中山人继承孙中山先生博爱思想，创造性地推出了慈善万人行活动，每年正月十五，全市万民空巷，共行慈善，培育了城市文明新风，成为“中华民族慈善文化的一面旗帜”。

八

浑然天成时，
道不远人自在矣，
鸢飞鱼跃至。[1]

九

香山商帮勇，
四大百货亦英雄，
沪上成新宠。[2]

十

粤菜食材广，
天地珍馐美味旺，
四海宾客狂。[3]

1 明代广东江门心学大师陈献章主张藏而后发，虚明静一，把自在放在第一位。

2 中山商人敢为天下先，在近代上海南京路上开办了先施、永安、新新、大新四大百货，活跃了沪上商业气氛，引领了近代中国商业潮流，开启了中国商业现代化进程。

3 中山美食传承粤菜精神，敢以天地食材制出美味佳肴，体现以民为本精神。

十一

采菊东篱下，

赏餐饮吟样样佳，

轻身延年加。[1]

十二

花鸟鱼虫宴，

自然人文水乳连，

中山美食牵。

十三

美味在舌口，

炒煎焖炸煲炖扣，

烹饪技艺逗。

1 中山菊花种植历史悠久，既能观赏，成就诗书画文，又能入菜入药入茶，具有滋补健身之功效，叹为观止。

十四

红烧乳猪起，
隆都三宝盐焗鸡，
炸鱼球煲齐。

十五

石岐乳鸽香，
惊艳舌口荐客尝，
滋补热衷肠。

十六

菊聚天地气，
群卉自芳傲霜喜，
挹露而葩齐。

北京冬奥

千年古城祥，
双奥之都美名扬，
万古流芬芳。

双奥之城

大哉北京城，
精彩双奥举世振，
万古流芳增。

风光八首

一

日出沧海宁，
一片汪洋都不见，
喷薄地平线。

二

夜深万籁寂，
青灯黄卷静思业，
风月私语窃。

三

看盛开月季，
何其精彩又提气，
花树人欣喜。

四

大美见真诚，
花开无语壮乾坤，
默默流诗韵。

五

挥毫迎朝霞，
却道早课亦无涯，
虔诚布施佳。

六

正午百花放，
奉天承日生机昂，
斑斓助兴旺。

七

自然大化里，
花开花落见真谛，
果实累累缔。

八

春华孕秋实，
无限风光无限诗，
日月献宝至。

龙岩印象七首

一

龙岩风物长，
崇山峻岭生机昂，
抬头见福强。

二

依山向荷塘，
古田会议放光芒，
百里散幽香。

三

圆圆建筑强，
永定土楼深山藏，
客家根脉长。

四

红色邮局亮，
治国理政传书香，
鸿雁飞天响。[1]

五

培田古村落，
茶马商道巧思做，
四通八达多。[2]

1 途访古田镇红色邮局，正展销《习近平谈治国理政》（第四卷）等书报刊，气象悠长。

2 培田古村落，连片成群，较完整地保存了明清民居建筑精华，且村中茶马古道四通八达，俨然一秘藏交通枢纽，风景这边更好。

六

四堡传文脉，
雕版印刷曾膜拜，
远韵盼再来。[1]

七

石门湖幽游，
山高水深景象悠，
阴阳生机修。[2]

[1] 连城四堡镇，明清时曾是我国重要雕版印刷基地，刻印古书远销世界各地，为传播中华文化、带动乡村发展作出了重要贡献。进入新时代，如何光大传承雕版印刷技艺，值得做出新文章。

[2] 连城冠豸山上，有石门湖，其湖水清幽，山色空蒙，阴阳共存，生机盎然。

龙岩四首

一

南有石壁村，

客家圣地万古存，

寻根不忘本。

二

天灵地亦灵，

葛藤坑里土楼建，

客家根脉定。

三

上杭有祠堂，

古田会议放光芒，

星星之火旺。

四

对弈临江楼，

江天寥廓悦心头，

精神更抖擞。

《临清传》推广活动[1]

风正长浪阔，

千古运河喜畅波，

临清共品读。

1 2022年7月22日，“丝路百城传”之《临清传》推广活动在山东临清举行。为扩大影响，当地将其升格为大运河阅读活动，也算一招鲜了。

书乡四堡三首

一

闽南藏四堡，

族商共济雕版好，

书香漫天妙。

二

四堡古书坊，

雕版印刷铸辉煌，

盛名天下扬。

三

书市景气兴，

一担图书一担银，

四堡坊刻庆。

广州行

一

夜来风雨狂，
电闪雷鸣暑气亡，
秋意送凉爽。

二

珠江静如练，
霓虹缤纷映波连，
美景醉神仙。

三

如约而至粤，
好事多磨月圆缺，
勇毅前行决。

四

新著上新阶，

风雨无阻向前携，

踔厉奋发耶。

五

悄然入珠岛，

旧雨新朋四合到，

且喜福海兆。

六

夜雨洗残荷，

噼里啪啦响不休，

梦醒品悠悠。

景德镇组俳[1]

千年陶都[2]

浮梁弄潮起，

新平治陶汉世始，

千年陶都喜。

师主赵慨[3]

菩萨缘自人，

师主赵慨应运升，

法济生灵诚。

[1] 2022 年 11 月初，参加“丝路百城传”之《景德镇传》新书首发和“洋景漂”陶瓷艺术作品展，得以访临千年瓷都景德镇，读史揽胜，感慨系之，遂以汉俳一组，以志怀。

[2] 新平是东晋时对现今景德镇地块的称呼。史书记载：“新平治陶，始于汉世。”可见，当地治陶已有两千多年历史，故称“千年陶都”。

[3] 赵慨是古代景德镇地区制瓷行业的英雄、专家，深受百姓欢迎。《浮梁县志》记载赵慨“尝仕晋朝，道通仙秘，法济生灵……镇民多陶，悉资神佑”。坐落在景德镇龙缸弄地段的“师主庙”，祭祀的“菩萨”就是赵慨。

唐瓷动长安[1]

唐瓷进长安，
假玉光润百姓然，
终惹天子赞。

大美青花瓷[2]

朝代有色差，
青花瓷名扬天下，
唐宋至美佳。

[1] 唐代初年，一位景德镇窑户将瓷器卖到京城长安。百姓将坚硬、光滑且湿润的瓷器误以为是“假玉器”，一抢而空，一时惊动了大都，惊动了天子。从此，景德镇瓷器得以奉诏进贡。

[2] 在釉色方面，唐宋两代都崇尚“青”色，流行玉一般的质地。以青为贵，是此时代社会的审美趋向。景德镇也正因独创“青白瓷”而名扬天下。

影青贯耳杯 [1]

影青贯耳杯，
功德无量退辽兵，
佑护北宋宁。

海上陶瓷路 [2]

海上陶瓷路，
波涛汹涌无坦途，
利济天下酷。

[1] 宋辽之争时，辽兵将一只“影青贯耳杯”献给萧太后，萧氏爱不释手、视若珍宝。不慎打破后，她提出如能在三个月内烧出此等玉器20万件进贡，辽国即可退兵，不要宋朝一寸土地。景德镇瓷业接旨后，加班赶制，如期完成任务。萧太后如数收到珍品，十分欣喜，遵守诺言撤军退回了边界。

[2] 宋元时期，海上瓷器出口渐盛。海上丝绸之路，也称“海上陶瓷之路”。但海上风多浪急，航行艰险。《景德镇陶录》中说，景德镇“业制陶器，利济天下”。

元瓷销天下[1]

元瓷销天下，
日用品鉴惠万家，
文明交流夸。

高岭土[2]

观音土绝佳，
粉软味甘育奇葩，
美瓷醉天下。

[1] 马可·波罗在游记里写道：“元朝瓷器行销到全世界。”

[2] 高岭土是制作瓷器的重要原料。高岭土，初挖出似石，见风后软如米粉，味甘可食，因可采以疗饥，故名“观音土”。

青花釉里红楼阁式谷仓瓷[1]

青花釉里红，

楼阁谷仓极品炯，

珍宝出国控。

风火仙童宾[2]

风火仙童宾，

舍身跳窑把桩定，

佑陶灵祠见。

1 青花釉里红楼阁式谷仓瓷，系元代景德镇民窑瓷器的杰出代表。2002年，国家文物局将这尊瓷器与后母戊鼎、曾侯乙编钟、三星堆青铜神树、马踏飞燕铜奔马、金缕玉衣等一批文物，列为首批禁止出国（境）展览的64件（组）国宝，足见其重要。

2 佑陶灵祠，是景德镇专供广利窑神“风火仙师”菩萨的所在，祠中主神即童宾。他是明朝万历年间，景德镇窑厂为皇帝烧造大龙缸的把桩师傅。为压制烧造时的火龙，他纵身跳入火中，确保青龙白瓷缸烧造成功。后人将其供奉为祠中主神。

成化斗彩瓷[1]

成化斗彩瓷，
鸡缸杯里存情思，
天价亦非痴。

龙纹蟋蟀罐[2]

龙纹蟋蟀罐，
大明宣德青花款，
珍品瓷艺欢。

1 斗彩瓷是景德镇瓷器发展史上一颗绚丽的明珠，明代成化年间达到了技艺巅峰。著名的斗彩瓷器有三大件，即：鸡缸杯、三秋杯和天字罐。鸡缸杯更是最负盛名的斗彩精品。相传是成化皇帝和万贵妃在明宫月夜碰杯戏饮时的用具。《神宗实录》记载："神宗时尚食，御前有成化鸡缸杯一双，值钱十万。"2014年，一只成化鸡缸杯拍卖价突破了2.8亿人民币，震惊中外。

2 景德镇御窑厂，是元明清时期专门生产宫廷用瓷的皇家瓷厂，现为全国文物保护单位，被列为首批国家考古遗址公园。厂区工艺博物馆内展陈有工艺珍品龙纹蟋蟀罐等。

三彩鸭形香薰[1]

鸭形香薰彩，
袅袅青烟接千载，
珍瓷技艺晒。

年窑[2]

仿古数年窑，
独创色釉骨胎俏，
瓷器天下骄。

1 三彩鸭形香薰是景德镇瓷器工艺珍品，与龙纹蟋蟀罐、成化斗彩鸡缸杯齐名，是皇宫用品，保藏着宫廷生活逸事。

2 清代大臣年希尧博才多闻、热心瓷艺，在景德镇督造瓷器生产时，醉心实践，发明了色釉、骨胎极薄的瓷器，并且以仿古著称。

唐窑[1]

唐窑登峰俏，
仿古创新皆奇妙，
瓷艺境界高。

德国茨温格宫[2]

看茨温格宫，
十万瓷器藏其中，
精品耀星空。

[1] 清代督陶官唐英，亲民善为，致力于瓷器的出新出彩。无论仿古还是创新，无不登峰造极，产生了大批窑变瓷器珍品。唐英制瓷被誉为景德镇史上最好的时期，他治下所产的瓷器为“唐窑”。

[2] 波兰王奥古斯都二世痴迷中国瓷器，毕生狂热收藏大量中国瓷器，并在欧洲多地建有专门收藏瓷器的宫殿。建于1701年的德累斯顿王宫内有一座茨温格宫，是目前欧洲最大的瓷器博物馆，收藏了中国历代瓷器42万多件，其中绝大部分源自奥古斯都二世与三世的收藏。

憾失哥德堡[1]

商船哥德堡，
满载瓷绸茶归巢，
触礁憾没潮。

大雅斋造瓷[2]

大雅斋造瓷，
天地一家春共记，
如花似玉器。

[1] 清乾隆年间，瑞典远洋商船哥德堡号满载中国瓷绸茶等商品返回家乡。抵达故乡岸边的最后一刻，在迎接此船归来的人们的注目与惊叫下，触礁沉没，留下千古谜团。令人震惊的是，仅从沉船打捞出水的少量货物，就弥补了这艘货轮沉没的巨大亏空，各位股东还分得了盈利。

[2] “天地一家春”是咸丰皇帝给慈禧贵人造的行宫，后又题名“大雅斋”。慈禧痴迷如花似玉的湿润瓷器。按她懿旨烧造的瓷器身上都留有“大雅斋”和“天地一家春”的印记。

同治大婚瓷[1]

同治大婚瓷，
清宫官窑回光喜，
残阳如血忆。

开国纪念瓷[2]

青花大王喜，
开国纪念创新瓷，
形神兼备齐。

[1] 同治大婚时，慈禧命令烧制各种大婚用瓷1万多件。同治大婚瓷的生产制作，为处于低潮时的清代官窑，注入了一股动力，相当于封建时代景德镇御窑厂的一抹残阳。

[2] 近当代，景德镇出了一个“青花大王”王步，后被追认为“中国陶瓷美术大师”。他创作的青花瓷器均被国内外博物馆、收藏家收藏。新中国成立后，他受江西省委委托，会同当地陶瓷艺人共同创作“开国纪念瓷”，代表景德镇和江西人民敬献给毛主席。

文创街区[1]

陶溪川上新，

文创街区别样情，

匠器天下行。

三宝瓷谷[2]

石水瓷好纯，

三宝国际陶艺村，

速度伴激情。

[1] 陶溪川文创街区，是景德镇面向新时代作出的崭新探索，旨在创新陶瓷生产组织方式，为陶瓷创新发展提供全新的工作环境，造就“匠从八方来，器成天下走”的开放气象。

[2] 景德镇东郊山谷，曾被前来景德镇筹办出海瓷器的郑和誉为“好石好水好瓷”之地，现为三宝国际瓷谷，拥有三宝国际陶艺村等多个特色景点。

中欧班列[1]

中欧班列行，
一带一路万里情，
命运与共兴。

瓷都景德镇[2]

瓷都景德镇，
千古美名天下闻，
文脉永传承。

[1] 2018年9月28日，载满瓷器和茶叶的景德镇中欧班列正式开通。“一带一路”将古老的丝绸之路带入全新的发展阶段。

[2] 一个景德镇，半部瓷器史。四面青山三面水，一城瓷器半城窑。景德镇，这个千年瓷都，为中国瓷器以及世界陶瓷文化与文明发展作出了并正在作出卓越的贡献。

福州三首[1]

一

鼓岭藏古事，
大梦书屋宾客至，
幸福醉生诗。

二

山岭日月追，
中外同饮古井水，
文明互鉴随。

三

鼓山藏古寺，
涌泉大庙香火至，
千年铁树诗。

[1] 2023 年 3 月 20 日，在福州出席“丝路百城传”之《福州传》首发式，得此组俳。

泉州组俳

海丝起点[1]

海丝起点亮，

泉州美名天下扬，

与时俱进赏。

虎乳泉[2]

泉水叮咚响，

清源涌流虎乳香，

历史雄风长。

[1] 泉州是联合国在中国认定的唯一海上丝绸之路起点城市。如今，“一带一路”倡议赋予这座历史文化名城以新的活力，泉州正抢抓历史机遇，书写新时代的华章。

[2] 泉州清源山因有乳白的泉水从山上石窍间源源流出，形成虎乳泉，泉水清冽，故名“清源”，又名“泉山”，泉州名称因此而来。

光明之城[1]

市井十州人，
光明之城耀古今，
刺桐更娇妍。

城心塔[2]

城心一座塔，
傲立千秋镇邪佳，
安定祥和加。

[1] 1271年8月，意大利犹太商人兼学者雅各·德安科纳远航来到刺桐城（今泉州），在这里游历半年时间，写成30万字的见闻录《光明之城》，记述了当年泉州“市井十州人”的繁华。

[2] 泉州古城中心有一座古塔，称作“定心塔”，用来镇恶驱邪，守护古城的安定祥和。据清乾隆年间《泉州府志》记载，该塔始建于明万历年间，乾隆十四年（1749）重修。有文史专家考证，其始建年代应与唐故城同时期。

崇武海礁石雕[1]

崇武海岸炯，
岩崖石雕夺天工，
大地艺术红。

郑和与泉州[2]

郑和下西洋，
泉州往来祭圣香，
礼拜祈风扬。

[1] 崇武石雕名扬海内外，崇武海岸线被誉为中国最美八大海岸线之一。有画家在崇武海岸依形取势，循石造型，创作出170多件石雕艺术作品，被誉为大地艺术，成为网红打卡地。

[2] 郑和作为航海家七下西洋，舟师频繁辗转泉州，留下许多史迹和美好传说。第五次远航前，他曾到泉州灵山拜谒先贤墓，并曾到著名的清净寺做礼拜。为求一路平安，往来康济，他还曾登临泉州九日山举行“祈风祭典”。

惠安女[1]

美哉惠安女，
吃苦耐劳不避雨，
扛活赢美誉。

福船[2]

福船气势骄，
首尖尾宽两头翘，
丝路架天桥。

[1] 惠安女是泉州惠安县惠东半岛海边以特殊服饰、勤劳精神而著称的汉族女人的统称。为适应海边风大日晒的特点，她们的穿衣风格具有明显特色，头戴花色头巾和橙黄色斗笠，上衣窄小，下裤宽松肥大。惠安女服饰入选首批国家级非物质文化遗产。

[2] 福船，又称“福建船”“白艚”，是我国古代航行于海上丝绸之路的优质木质帆船。其船一平如衡，下侧如刀，底尖上阔，首尖尾宽两头翘。超大型的福船成为郑和下西洋的宝船，为海上丝绸之路作出了重要贡献。

海洋商贸中心[1]

宋元泉州港，

涨海声中万国商，

环球经贸忙。

下南洋[2]

泉榕古道长，

山穷路尽见海洋，

乡亲走四方。

1 宋元时期，泉州同世界70多个国家有商贸往来，商贾云集，蜚声中外，呈现出“涨海声中万国商”的繁荣景象。2021年7月25日，“泉州：宋元中国的世界海洋商贸中心”通过联合国教科文组织审议，被列入《世界遗产名录》。

2 泉州是著名侨乡。自唐代起，泉州乡亲沿着千年泉榕古道外出谋生，乘船出海，开始下南洋，扎根海外，爱拼敢赢，为当地经济社会发展贡献力量。

侨批 [1]

侨批寄衷肠，
鸿雁传书意味长，
东方文史亮。

海丝艺术节 [2]

海丝艺术节，
世界瑰宝散枝叶，
文明互鉴接。

[1] 闽南话称信为批。海外侨胞给家乡寄信，史学上称之为“侨批”。侨批是历史最真实的记录，堪称“经济社会百科全书”。因其丰富的历史文化内涵，侨批被誉为“东方侨史的敦煌”。

[2] 海上丝绸之路国际艺术节，是国家文化旅游部和福建省政府联合举办，福建省文旅厅和泉州市共同承办的艺术盛宴。2014年11月于泉州首办。如今已经成为每两年一届，永久落户泉州的重要国际活动，为促进文明交流作出了积极贡献。

桑莲法界[1]

此地乃佛国，

桑莲法界烟云多，

满街圣人踱。

老君岩造像[2]

老君岩造像，

神态浩然气韵强，

道德经回响。

[1] 泉州多元文化共生，理学家朱熹曾感叹“此地古称佛国，满街都是圣人”。2002 年 11 月，联合国教科文组织将全球第一个“世界多元文化展示中心”定址泉州。

[2] 清源山南麓建有“天下第一”的老子造像，形神兼备、充满魅力，系宋代雕造，是我国现存最大最古老的老子石雕。

妈祖[1]

海上多风波，

泉州神女妈祖护，

福佑众生渡。

骑楼[2]

民居孕文脉，

骑楼防雨更遮晒，

古厝藏精彩。

[1] 妈祖姓林，名默，出生于福建湄州岛，生前常救人于海难，去世后又“辄显灵应”“海舟救护无数”，被尊称为“航海保护神”，俗称“妈祖”。妈祖信仰随着泉州商人和移民的足迹遍布海外。妈祖文化成为连接海内外，特别是海峡两岸民众的重要精神纽带。

[2] 南方多风雨。根据这种气候状况和商业楼宇密集等特点，创造出的外廊式骑楼建筑，适应了当地自然环境变化，又丰富了城市建筑形态，孕育了特色建筑文化。泉州中山路，是我国最长的一条连排骑楼商业街，堪称闽南骑楼典范。

南音[1]

南音活化石，
急管繁弦千年史，
琵琶不变戏。

德化白瓷[2]

德化瓷器白，
如脂似玉好气派，
享誉中外来。

[1] 南音也称“南曲”，有“中国音乐史上的活化石”之称，是中国保存最古老的乐种之一。汉、晋、唐、宋等朝代的中原汉族移民，将中原音乐文化带入闽南，与当地民间音乐融合，形成了具有中原古乐遗韵的文化表现形式——南音。南音乐器中的主导乐器琵琶，仍然保留唐时的大腹短颈，弹奏上还是用横抱拨弹。

[2] 德化盛产白瓷，瓷质如脂似玉，成为独具一格的“象牙白”，颇具素洁、典雅之美。

入门三件事[1]

入门三件事，
喝酒划拳南曲时，
其乐融融至。

安平桥[2]

石桥有安平，
五里横跨海湾面，
千载惠黎民。

弘一法师[3]

华枝春满头，
悲欣交集光风悠，
天心月圆后。

1 闽南文化入门三件事：喝酒、划拳、唱南曲。请客一定要喝酒，喝酒一定要划拳，再加上唱南曲，构成闽南生活乐事。

2 安平桥是中古时代世界最长的梁式石桥，也是中国现存最长的海港大石桥，被列为世界文化遗产。

3 弘一法师长居泉州十四载，隐居于此静修佛事。法师圆寂前曾赋一偈：“问余何适，廓尔亡言，华枝春满，天心月圆。”其绝笔《悲欣交集》，更是感天动地，长留人间。

古港雄风[1]

四湾十六港，
海上丝路去远航，
雄风万里扬。

品牌强市[2]

云起龙骧时，
群雄逐鹿创意起，
爱拼敢赢至。

[1] 历史上，泉州港曾以“四湾十六港”闻名于世，是中国古代丝绸之路起点之一，被誉为“东方第一大港”。今天的泉州港已经跨入亿吨大港行列，与世界60多个国家和地区通航。泉州港正乘着“一带一路”的东风，奋力建设现代化综合性大港，努力呈现古港雄风。

[2] 泉州是中国品牌之都，拥有100多家上市公司，目前共孕育了150多个中国驰名商标，位居全国前列。海丝名城，正致力于品牌强市，随着新时代迎风起舞。

洛阳桥两首[1]

一

千年洛阳桥，

万古安澜潮声笑，

夕阳西下娇。

二

长虹卧波俏，

千年潮涌洛阳桥，

万古安澜骄。

1 洛阳桥是中国现存最早的跨海梁式大石桥，堪称造桥史上的丰碑，被列为世界文化遗产。“洛阳潮声”是泉州十景之一。

厦门组俳[1]

一

自古厦门岛，
敢拼会赢本领高，
好运勤关照。[2]

二

市花三角梅，
红黄白紫怒放美，
长盛不减魅。[3]

[1] 因参加“丝路百城传”之《厦门传》首发活动，再次造访厦门，读史览胜，感慨系之，遂以汉俳一组以志怀。

[2] 厦门是一座善于吸纳的城市，历史上就向周围一切愿意到岛上发展的人敞开胸怀，在许多领域创造了大量工作机会。各种各样的人都能找到谋生发展的机会。民间戏说，到了厦门岛，运气好时连官帽都捡得到。

[3] 三角梅原产于南美，19 世纪 70 年代前后被引进厦门，属紫茉莉科，花小，簇生于三片大苞叶之内而得名。苞叶有红黄白紫诸色，各具韵味。经过市民投票评选，1986 年 10 月，厦门市第八届人民代表大会常务委员会第二十三次会议作出决议：三角梅为厦门市市花。

三

市树凤凰木，

花开满城红霞沐，

艳丽更醒目。[1]

四

市鸟属白鹭，

婷婷玉立仙姿伫，

古今人共睹。[2]

[1] 凤凰木属豆科乔木，高可达 20 多米，树冠宽广。夏季开花，花色红艳，一树似火，如朝霞一片，俗称“火树”“红楹”。经过市民投票评选，1986 年 10 月，厦门市第八届人民代表大会常务委员会第二十三次会议作出决议：凤凰木为厦门市市树。

[2] 白鹭是我国重要禽鸟。厦门海域潮汐及围海成湖的湖面生态环境非常适合鹭鸟生长。近年来，每年厦门的鹭科鸟类数量高达 3 万只，有 10 类鹭类，占中国鹭科鸟类总种数的 50%，其中白鹭属 5 个品种齐全，反映了厦门地理位置和湿地环境在鹭类资源分布上有典型性和代表性。20 世纪 80 年代，厦门市决定设立市鸟，白鹭赢得市民一致称赞。

五

甘薯出吕宋，

引进试种闽山中，

丰收佑民众。[1]

六

南京条约耻，

丧权辱国通商始，

志士仁人起。[2]

1 番薯又称“甘薯”等，原产美洲，由西班牙人携至菲律宾等地栽种。福建长乐人陈振龙从吕宋引进薯藤在厦门首先试种，后当地巡府推广种植，获得成功，可充谷食之半，为解决饥荒作出重要贡献。

2 1842年8月29日，由85艘舰船组成的英国舰队兵临南京、威胁攻城，逼迫清政府签订丧权辱国的《南京条约》，中方割地、赔款、开放通商口岸。厦门成为首批通商口岸。中国近代史上第一个不平等条约的签订，唤醒了无数志士仁人起而奋争。从此，反帝反封建，争取民族独立、国家解放，成为中国历史上悲壮而崇高的篇章。

七

鼓浪洞天亮，

鹭江第一胜景响，

海上花园香。[1]

八

文化包容新，

统合古今聚风情，

融通中外兴。[2]

[1] 鼓浪屿山海相望，风景优美，有“海上花园”之称。清代乾隆时期，“鼓浪洞天”就被列为厦门岛名胜八景之一。有人评价说，鼓浪屿是上天赐给厦门的珍宝。

[2] 厦门是一座移民城市，不同文明在这里交融、汇合、撞击，催生出独具特色的厦门文化，开放包容、向上向善、和合共生。

九

陈嘉庚建校，
林司令造街改道，
鹭岛新生笑。[1]

十

移山去填海，
建设长堤通途来，
功成齐喝彩。[2]

[1] 在厦门发展史上，华人领袖陈嘉庚办学建校，创办集美学区、厦门大学等；漳厦海军警务司令林国赓主持厦门市区改扩建。两人均为提升厦门城市品质、加快厦门发展作出了重要贡献，居功至伟。

[2] 新中国成立后，历届中央领导人对厦门发展都给予了高度关注。修筑厦门海堤，是20世纪50年代的一大工程。海堤全长2212米，顶宽19米，设有火车道、机动车道和人行道。工程于1954年1月动工，1955年10月27日竣工，是我国第一条跨海长堤，也创造了世界海堤建设的历史奇迹。

十一

鹰厦铁路开，

孤岛连通八方来，

意气更豪迈。[1]

十二

中外喜连接，

放胆飞向大世界，

厦航亮天街。[2]

[1] 鹰厦铁路厦门段于 1955 年 7 月 29 日动工，1956 年 12 月 9 日完成铺轨。全长 694 公里的鹰厦铁路于 1958 年 1 月 1 日正式投入运营。这一铁路的开通运营，为原为孤岛的厦门发展插上了腾飞的翅膀。

[2] 航空是连接中外、沟通世界的重要基础。1984 年 2 月，邓小平同志视察厦门，同年 7 月 25 日，厦门航空有限公司正式成立。这是由国家民航局与福建省合作创办的中国首家按现代企业制度运营的航空公司。

十三

港岛未了情，

海湾城市气象新，

踔厉奋发行。[1]

[1] 厦门曾被定位为港口风景城市。2003 年 4 月 26 日，国务院下达《关于同意福建省调整厦门市部分行政区划的批复》，标志着厦门全面开始建设海湾型城市。进入新时代，踏上新征程，厦门正在踔厉奋发，以中国式现代化推进城市发展的新境界。

印象天台

一

天台飘仙境，
重峦叠嶂气象清，
山海漾诗情。[1]

二

浙东诗路长，
千首唐诗宋词唱，
古今共析赏。[2]

1 天台地处浙江东南，境内群山环抱，物丰景美。山如九龙相聚，海有东海波连。山海相依，气象万千。

2 天台是浙东唐诗之路的终点，孟浩然、李白、贾岛、皮日休、陆龟蒙、杜荀鹤等唐宋众多诗人词家常悠游于天台山水间，留下千首唐诗宋词，成就了天台诗境。

三

太白喜抬头，

九龙飞瀑壮山河，

天虹伴云歌。[1]

四

和合文化园，

集聚古今美心愿，

善真诚意远。[2]

[1] 九龙瀑布是天台一大美景，数百米落差之下，飞流直下，声若洪钟，彩虹凌空，景象壮丽。景区前一尊李白塑像仰望飞瀑，更添诗情。

[2] 天台和合文化底蕴深厚，民间收藏丰富，有多家私人主题收藏园。和合文化园以收藏海内外和合文化物品为主，藏品丰富，且对和合文化哲学思想的展陈较为系统，体现了人间对和合文化的美好追求。

五

人师造化仙，
一根藤里藏大千，
巧夺天工艳。[1]

六

儒道释三宝，
先贤大德心识高，
外师中得妙。[2]

[1] 天台物质文化遗产也较为丰富。能工巧匠利用当地自然资源，创造性地开发了许多民间工艺，一根藤就是其中之一。它是以韧性较强的木材为材料，精心加工制作成类似古藤的工艺品，造就了物质文化遗产。普通的一根藤成品需要29道以上工序才能完成。

[2] 天台境内山美景美。自古天下名山僧占多，天台群山之间，佛寺道观众多，且各具特色，开放包容，外师造化，中得心源，和合共生，成就了天台丰富的宗教文化。

七

得道潇洒余，

寒山拾得仙中趣，

禅机不可嘘。[1]

八

清幽庄严气，

千年古刹国清寺，

晨钟暮鼓记。[2]

1 寒山、拾得是国清寺两位隐僧、诗僧。他们在佛事过程中，注重将佛教原理与日常生活结合起来，形成了恢谐、机智、充满生活趣味的人间教理，对丰富佛教文化、加快佛教中国化进程起到了重要作用。寒山手执莲花、拾得手拿宝盒形象已经成为和合文化标志性形象。

2 天台国清寺始建于隋开皇十八年（598），是一座历史文化古刹，为中国佛教天台宗的发源地。日本天台宗亦尊此寺为祖庭。国清寺在佛教发展史和中外关系史上都具有重要地位，寺内保存了大量的摩崖、碑刻、手书、佛像和法器等珍贵文物。寺内还生长着天台宗第五祖章安灌顶大师手植的“隋梅”一株，至今郁郁葱葱。

九

山深藏古寺，

桐柏宫里漾新意，

道缘白云起。[1]

十

寒岩远尘嚣，

遗世独立洞中骄，

参禅悟佛要。[2]

[1] 天台县桐柏宫原名桐柏观、桐柏崇道观，位于县城西北 12.5 公里的桐柏山上，九峰环抱，碧溪前流，是中国道教南宗祖庭。此宫成立于吴赤乌元年（238），由孙权遣葛玄开创，至唐宋进入鼎盛时期。其时，此宫楼台争耸的宫观有三十六处，有千僧万道的规模。

[2] 寒岩位于天台大山深处，孤悬于山腰之上，有大型山洞可以休养生息，称“寒岩洞天”。传说当年诗僧寒山曾在此参禅礼佛、写诗喻理。

十一

积德行善中，
得道高僧属济公，
活佛人间颂。[1]

十二

神道由人计，
大佛小仙随手起，
五百罗汉戏。[2]

1 济公（1130 或 1148—1209），天台永宁村人。南宋高僧，后人尊称为“济公活佛”。他破帽破扇破鞋垢衲衣，不受戒律拘束，嗜好酒肉，举止似痴若狂，却是一位学问渊博、行善积德的得道高僧。他扶危济困、除暴安良、彰善瘅恶，在人们的心目中留下了独特而美好的印象，被列为禅宗第五十祖，杨岐派第六祖。2006 年，“济公传说”被列为首批国家级非物质文化遗产。

2 天台是神道造像重要基地。大大小小的各类宗教造像远销海内外，成为当地一大特色文化产业。由是观之，宗教形象由人设计制造，又反作用于人，受人顶礼膜拜，相辅相成。

天台组俳

一

三游天台仙，
霞客古道胜景连，
后代复登临。

二

佛道宗源地，
古清奇幽天台里，
山水神秀列。

三

国清礼佛久，
天台一宗祖庭悠，
五峰环抱修。

四

高明撞钟响，
国泰民安祈吉祥，
深山藏理想。

五

琼台劲修炼，
清心养神求康宁，
无欲有容仙。

六

桐柏问道长，
金庭洞天祈福祥，
天人合一想。

七

石梁听瀑来，

飞流直下金山开，

上善若水嗨。

八

石梁飞瀑壮，

雨后奔流震天响，

古景烁今强。

九

古往今来想，

万年藤杖百岁壮，

助老身更强。

十

华顶赏花佳，

云锦杜鹃千年挂，

苍茫漾天涯。

十一

三台星宿对，

日月同辉山海醉，

莲花盛开随。[1]

十二

诗僧隐居地，

寒岩明岩桃源里，

赤城山风吹。

[1] 天台山位于东海之滨，方圆八百里，山有八重，山峰连绵起伏，宛如一朵盛开的莲花，因顶对三台星宿，而名曰天台。

十三

南屏秋色美，
古树古道古色味，
今人频赞佩。

十四

赤城栖霞漾，
云天一色洒吉祥，
风光无限响。

天台杜鹃[1]

天台杜鹃奇，
十月怀胎不迟疑，
经冬更艳喜。

[1] 天台杜鹃每年秋始结花苞，经冬春孕育，至夏初绽放，大约十月历程。其于华顶山峰绽放之时，一片艳丽，如霞似霓，接云伴日，灿烂辉煌。

红河十首

一

哈尼梯田俏，

农耕文明智慧妙，

千年千层照。

二

梯田天水浇，

层层叠叠生态骄，

稻鱼随风笑。

三

一河连两国，

中越口岸双向阔，

互利共赢多。

四

蒙自海关早，
近代通商欧美到，
开放图强道。

五

红河学院高，
授业藏书更传道，
育人筑魂彪。

六

南湖风光好，
过桥米线岂佳肴，
劝学更美妙。

七

十七孔洞多，

双龙桥下水天阔，

古亭映清波。

八

乡会桥车站，

网红打卡游客赞，

云天更灿烂。

九

千年紫陶美，

拉磨刻填火魔坯，

奇绝窑变魅。

十

建水古城娇，

老街旧坊藏文庙，

雄震千秋道。

洛阳组俳[1]

一

古今兴废事，
洛阳城中不迟疑，
过眼烟云系。[2]

二

邙山白云飞，
世事沧桑魂魄归，
神都历史肥。[3]

[1] 因出席“丝路百城传”之《洛阳传》首发活动，春日重访洛阳，感悟良多，遂成此组俳以纪念。

[2] 洛阳曾是我国十三朝古都，历史底蕴深厚。宋代司马光诗言：“若问古今兴废事，请君只看洛阳城。”

[3] 邙山东西绵延190余公里，号称千年龙脉。古语云：“生在苏杭，葬在北邙。”苏杭生活是人们对美好生活的向往，而葬于洛阳邙山，则是古人的终极追求。据统计，邙山汇集历代墓葬数万座。东周至后唐共6个朝代的24位帝王长眠于此。

三

河图洛书出，

天启神明八卦露，

阴阳五行数。[1]

四

老子不守藏，

函谷关前青牛唱，

《道德经》绝响。[2]

[1] 河出图，洛出书。《河图》《洛书》，乃是中华典籍、阴阳五行术的来源。

[2] 老子辞去东周“守藏史”（图书管理员）职后，骑青牛归隐，来到函谷关下，被关令尹喜留下著书。这便有了千古名著《道德经》。交完“作业”，老子始出函谷关，从此一骑绝尘，消失在历史的风烟中。

五

龙门造石像，

卢舍那大佛藏想，

万贯胭脂亮。[1]

六

世界遗产录，

运河丝路双入簿，

洛阳开新途。[2]

[1] 始凿于北魏孝文帝时期的龙门石窟，是世界著名的文化遗产，现存佛像10万余尊。据传，石窟之宝——卢舍那大佛就是唐高宗以武则天40多岁时的形象凿造的。武后还为此捐献了两万贯的胭脂钱。

[2] 洛阳历史文化丰富，“中国大运河”和“丝绸之路：长安—天山廊道的路网”均入选《世界遗产名录》。

七

白马寺悠悠，

千古钟声不停休，

抚慰尘世久。[1]

八

隋唐大运河，

古波新浪洛阳歌，

千载万芳流。[2]

1 中国第一座佛寺——白马寺始建于东汉明帝时期。佛教通过白马寺译经，逐渐传入中国，融入中华文明。白马寺也成为中国佛教的发源地，被尊为祖庭。马寺钟声更成为千年胜景，流传至今。

2 隋炀帝下令以洛阳为中心开凿大运河，南抵余杭（今杭州），北达涿郡（今北京），长达 2700 公里。千里运河通南北，满足了好大喜功的隋炀帝巡游江南的愿望，客观来说也畅通了南北经济动脉。

九

牡丹真国色，
洛阳花红艳丽泽，
风韵天下得。[1]

十

古都润千秋，
旧城新造出彩修，
神都复韵求。[2]

[1] 洛阳牡丹风华无限，花开时节动天下，与菏泽牡丹共享盛名、共沐春风，花润人间。

[2] 洛阳曾被武则天称为“神都”。为再现古都历史文化风采，推动新时代城市文化旅游发展，洛阳国际大都市建设的宏伟规划已经启动，七大建筑横空出世。旧城新造、新城复古，古为今用、推陈出新，文明传承、永续发展。

重庆组俳[1]

朝天门

山门朝天开，
一江春水向东来，
云帆济沧海。

歌乐山[2]

大禹治水欢，
歌乐山下红岩传，
奋斗永相贯。

[1] 因赴渝出席“丝路百城传”之《重庆传》首发和西部国际传播中心成立活动，再次造访山城，得此一组汉俳以志怀。

[2] 歌乐山，因大禹治水宴宾客于此而得名，亦因《红岩》而名扬四海。

三峡

两岸青山夹，
引来诗文壮三峡，
轻舟迎朝霞。

大足石刻[1]

摩崖留石刻，
艺术造像神明勒，
养鸡女仙得。

南山[2]

山城花冠美，
六百米主峰崔巍，
雾都抗战伟。

[1] 大足石刻因生动刻画养鸡女等民间生活场景，而被载入中国雕塑史。

[2] 南山山脉由十座山峰组成，主峰高600余米。山不在高，却精气神俱足，被称为“山城花冠”。抗战时山间更是佑藏精英，居功至伟。

解放碑

一碑铸时代，

天地解放日月彩，

人民欢庆来。

重庆火锅

红白鸳鸯锅，

麻辣清汤滋味嗦，

人间烟火过。

陆海书院 [1]

书院传书香，

陆海丝路特色长，

文明互鉴赏。

[1] 重庆市打造陆海书院，弘扬丝路精神，传承书香文脉，其志可嘉。

西部国传中心[1]

国传热九州，
中外互鉴勤交流，
命运打望久。

重庆传记[2]

丝路百城多，
一传千年意气火，
巴渝风情阔。

1 打望，西南诸省方言，重庆口头禅，张望之意。西部国际传播中心，2023 年 8 月 16 日在重庆成立。

2 2023 年 8 月 15 日，“丝路百城传”之《重庆传》新书首发式在重庆解放碑新华书店举行。

杭州组俳[1]

一

良渚遗址现，

实证中华五千年，

琮璧钺惊艳。[2]

二

杭州天下悠，

休闲之都近水楼，

品茗赏花游。

[1] 因参加《杭州故事》英文版和《故事杭州 108》中文版首发式，再次造访杭州。适逢第 19 届亚运会举办前夕，杭州处处喜迎亚运。遂成此组俳以记贺。

[2] 良渚遗址，被誉为实证中华五千年的圣地。良渚古玉器中著名的三件套：琮、璧、钺，分别代表了神权、财权和军权。

三

陌上花开时，
小住为佳吃茶至，
缓缓归去诗。

四

丝绸之府第，
杭州绫绢锦绣丽，
史诗情怀里。

五

湖山佳绝处，
东边日出西边雨，
仙灵所隐遇。

六

临安无心柳，
三潭印月自风流，
西溪更长留。

七

白堤苏堤长，
十八相送断桥旁，
雷峰塔情伤。

八

宋嫂鱼羹香，
济公酒肉穿过肠，
东坡创新样。

九

西湖龙井茶，
虎跑泉水泡更佳，
香茗润天下。

十

楼宇风景起，
钱江新城拔地喜，
青山绿水济。

十一

杭州亚运会，

琮琮宸宸莲莲瑰，

人文体育贵。[1]

十二

杭州故事多，

文化中心四馆阔，

文明天地豁。[2]

[1] 第 19 届亚运会在杭州举行，吉祥物琮琮、宸宸、莲莲造型遍布杭州各地，喜迎八方宾朋。

[2] 浙江大力推进文化建设，新建博物馆、图书馆、文学馆、非遗文化馆，四馆聚合成之江文化中心，丰富民众文化生活，传承弘扬优秀文化。

云南组俳[1]

七彩云南

七彩云南美，
四季如春花联袂，
天地人共佩。

红嘴鸥[2]

春城属昆明，
湖畔红嘴鸥翩跹，
八景情不变。

[1] 彩云之南，山水佳绝，风光旖旎，民族聚居，人文荟萃。因洱海论坛、红河论坛等，年内多次造访胜地。遵友人嘱，成此组俳以志怀。

[2] 昆明八景：滇池夜月、云津夜市、螺峰叠翠、商山樵唱、龙泉古梅、官渡渔灯、灞桥烟柳、蚩山倒影，气象万千，词短情长。

象群奇想 [1]

象群忽奇想，
北上游逛寻新香，
惊艳世界强。

苍山洱海

苍山不墨时，
洱海诗情画意至，
大理气象是。

怒江浪

江怒山欢欣，
惊涛骇浪向前行，
天地壮观萦。

[1] 云南大象群游北上，惊艳世界，赢得全球点赞。

蒙自风景[1]

红河奔腾哮，

过桥米线建水陶，

梯田米轨俏。

丽江情境

丽江古城瑰，

恬淡洒脱静生慧，

雪山唤诗围。

西双版纳印象

西双版纳艳，

傣族泼水洒客仙，

大象嬉戏连。

1 红河州历史悠久、人文底蕴深厚。过桥米线，情深意长。建水古陶，技艺盖世。哈尼梯田，风光无限。滇越铁路，米轨蜿蜒。

茶马古道

路远民心通，
茶马古道情意浓，
行商传世红。

民族大团结[1]

民族团结好，
石榴籽中哲理高，
多元一体笑。

[1] 云南是多民族聚居区，各民族相依相伴，团结合作，共同创育了美丽云南丰富多彩、灿烂辉煌的多元文化、一体情怀。

生物多样性

生物多样性，
彩云之南博爱兴，
天人合一敬。

南博会[1]

南博盛会开，
周边国家商品晒，
互通有无来。

1 中国—南亚博览会暨昆明进出口商品交易会，吸引周边及世界各国携琳琅满目商品与会，经贸往来、商品交易红红火火。

大理组俳[1]

一

远古足音响，

大理民生曙光亮，

文献名邦强。[2]

苍山雪[3]

十九峰峦跨，

苍山不墨千秋画，

云雪泉长挂。

[1] 有一种生活叫大理，有无数风情在大理，更有千万种风景在大理。谨以此组俳，感受多彩多姿的大理。

[2] 大理地区一万年前就有原始居民生活，公元前 109 年，大理纳入祖国版图，从此与神州共发展，为云南多元一体文化发展作出重要贡献，被誉为"文献名邦"。

[3] 苍山连绵不绝，有 19 座山峦连接，云海仙踪、泉水淙淙，苍山顶上更有白雪覆盖，成为胜景。

洱海风

风花雪月景，

洱海无弦万古琴，

千秋山水敬。

鸡足山[1]

万壑松涛静，

雨后斜阳醉天心，

金顶佛光萦。

[1] 鸡足山山顶佛寺金顶寺，终年香火缭绕，四周群山围峙，国土甚为庄严，利乐总有情。

崇圣三塔

三塔向天耸，
佛寺钟声伴云涌，
大理地标雄。

双廊古镇

大理景象爽，
苍洱风光看双廊，
无敌湖水畅。

喜洲古镇

白族睿眼炬，
喜洲古镇藏家居，
文脉永传举。

剑阳楼

文献名邦久，
剑阳楼上风景秀，
满天星斗悠。

沙溪古镇

沙溪小镇悠，
茶马古道通联久，
剑川山水流。

巍山古城

南诏国行深，
红河源头建古城，
神闲气定增。

洱源凤羽

洱海之源清，
文化赋能农业行，
凤羽古梅兴。

三道茶[1]

白族三道茶，
先苦后甜回味佳，
品茗明理遐。

[1] 白族三道茶甚为讲究，头道茶苦，二道茶甜，三道茶加了花椒、桂皮，入口麻麻辣辣，但回味甘甜。据说，此茶是白族传统的相亲茶，阿鹏要娶金花先要去见女方家长，喝完苦茶，如果再上甜茶，说明同意了，如果不上甜茶，就说明不同意。当然再上第三道回味茶，就说明长辈祝福小两口能亲亲热热、和和美美一辈子。现在，这三道茶除保留相亲功能外，还成为大理人招待嘉宾的敬客茶。

张掖汉俳

一

自古交流举，

张国臂掖通西域，

文明互鉴续。[1]

二

千年丝路长，

黄沙百丈铁马响，

八声甘州畅。[2]

[1] 张掖，是“张国臂掖”的简称，彰显了古人先贤开放交流、强国振兴的历史抱负。

[2] 张掖，古称“甘州”。

三

祁连山不老，

昆仑之丘云雪俏，

万仙古来朝。[1]

四

姬满西王母，

白云悠远见歌谋，

情痴三年磨。[2]

[1] “祁连”二字由匈奴语音译而来，是“天”或“天神”之意。祁连山又名“昆仑之丘”，是西北地区的母系山，几大河流自此发源，更是神话传说中万仙来朝、万世先族居住和生活的地方。

[2] 周穆王是周朝第五代王，姓姬名满，传说活了105岁。他西游拜访西王母，临别时，西王母含情脉脉作歌赠曰：“白云在天，丘陵自出。道里悠远，山川间之。将子无死，尚复能来。”周穆王回歌道：“予归东土，和治诸夏。万民平均，吾顾见汝。比及三年，将复而野。”三年情约，留下千古佳话。

五

八百流沙缈，
弱水三千取一瓢，
塞上江南骄。[1]

六

河西藏圣地，
百丈悬崖马蹄寺，
艺术宝窟诗。[2]

1 黑河是张掖境内的大河，养育了河西走廊的万物生灵，是张掖的母亲河，古称“弱水”，滋润并形成了塞上江南的金张掖。

2 马蹄寺石窟群建于百丈悬崖之上，开凿于北凉时期，距今1600余年，与敦煌莫高窟、安西榆林窟并称为河西佛教圣地的三大艺术宝窟。

七

关令尹喜宽，
老子遇阻函谷关，
道德经存欢。[1]

八

大化造奇蓓，
五彩丹霞绝世美，
人杰地灵魅。

九

河西宝卷多，
张掖民俗风情阔，
甘州曲调过。[2]

1 老子骑牛西行，在函谷关遇阻。关令尹喜仰慕老子才情，请其在此著书立说，书成即可出关。老子无奈之下，日思夜想，挥就千古名著《道德经》，斯为佳话。

2 河西宝卷是广泛流传于甘肃河西地区的一种民间文学，由唐代敦煌变文、俗讲及宋代说经演变而来，影响远播海外，流落海外的河西宝卷就有数百种之多。

千年古韵看开封[1]

一

西湖分南北，
恰是两宋分离开，
风起史忆来。[2]

二

八朝古都随，
一城宋韵半城水，
千年文脉追。

[1] 开封市，古称“汴京”，曾是八朝古都，也是我国七大古都之一，首批历史文化名城，有2700多年的历史。古都名胜古迹众多，“汴京八景”是其中的精华。因出席“丝路百城传”之《开封传》新书首发活动造访古都新城，感悟历史风云，成此汉俳一组。

[2] 开封有大湖，百姓亦称“西湖”。只是这北宋之都的西湖要大于南宋之都临安（今杭州）的西湖。

三

铁塔巍然立，
千年不倒行云迷，
匠心独运里。[1]

四

州桥当街建，
千年不变中轴线，
考古年轮见。[2]

[1] 宋代琉璃砖塔，八角十三层，因貌似铁质而俗称“铁塔”，栉风沐雨，至今巍然屹立。

[2] 州桥遗址考古发现，朝代更迭，城市建筑层层叠叠，一层压一层，如树之年轮，清晰可见，实证了开封城市中轴线千年不变的史实。

五

金池夜雨爽，

雨瘦蛙鸣风荷香，

汴州奇景漾。

六

相国钟声静，

一树四面看观音，

千手千眼映。[1]

[1] 大相国寺是千年古寺，寺内藏有清代用一整棵大银杏树塑造的四面千手观音巨像，是至今保存完好的重要物质文化遗迹，令人叹为观止。

七

开封存宋碑，

为官一任廉贪备，

包公湮抚慰。[1]

八

清明上河园，

再造择端画图全，

文旅兴盛炫。[2]

九

最美书店多，

开封新华一枝阔，

国有也目夺。[3]

1 开封博物馆镇馆之宝乃一宋碑，碑上刻有当时开封历任主官大名。包公包拯大名被百姓过度抚慰致敬，留下一个深深的指窝。百姓爱清官，人民唤清政，于此可见一斑。

2 开封清明上河园，根据张择端《清明上河图》复原而来，深受中外游客欢迎。

3 开封新华书店总店，被授予"最美新华书店"称号，光彩夺目，也为国有书店争了光。

敦煌组俳[1]

一

河西四郡勇，

雄关威镇西域通，

长河落日炯。

二

敦煌响天下，

中西文明交汇佳，

丝路飞新霞。

[1] 敦煌自古就是通往西域的重镇中枢，张骞凿空之旅西出敦煌，开启了壮伟的丝绸之路。今天，敦煌石窟是世界上现存规模最大、延续时间最长、内容最丰富、保存最完整的艺术宝库。敦煌学也成为国际人文学中的显学。沧海桑田，敦煌留下了无数历史文化与人文故事。

三

凿空通西域，

咽喉锁钥敦煌越，

张骞史功觉。

四

敦煌文脉长，

石雕壁画千变样，

传承创新朗。

五

莫高窟里藏，

顶天立地巨佛养，

大漠孤烟香。

六

敦煌画常新，

反弹琵琶正弹琴，

乐女飞天敬。

七

国破敦煌哀，

藏经洞开文物卖，

道士败家来。

八

敦煌守护神，

惊鸿一瞥常书魂，

功德参天恒。

九

敦煌女儿行，
保护创新数字兴，
永续利用赢。

十

敦煌文化深，
莫高精神永传承，
与时俱进增。

武威七首[1]

一

武功军威添，
马踏飞燕雄风凝，
古迹今更艳。

二

白云玉门关，
秋阳高照大漠闲，
骆驼声声慢。

[1] 2023年9月20日，因参加“丝路百城传”之《武威传》首发式，造访此地，读史观今，得此组俳。

三

鸠摩罗什寺，
译经弘法凉州至，
人文会通诗。

四

传说疑可信，
苏武牧羊在民勤，
史迹处处敬。[1]

五

河西走廊汇，
葡萄美酒夜光杯，
千古人同醉。

[1] 经专家学者考证，苏武牧羊不在贝加尔湖，而在甘肃武威民勤县。此地至今仍有许多纪念苏武牧羊的地名、风俗可以佐证。

六

西藏归属谈，

凉州会盟千秋赞，

白塔寺俯瞰。[1]

七

秋来风物长，

河西走廊瓜果香，

五谷丰登扬。

[1] 元朝时，为解决西藏归属问题，西藏宗教领袖与元朝将领在武威白塔寺举行会谈，史称“凉州会盟”，成为西藏归属中央政府的标志性事件。

西双版纳印象[1]

一

大象北上归，
搅动全球喜观围，
纪录电影追。[2]

二

傣王宫吉祥，
总理泼水留塑像，
笑容春风漾。

[1] 因出席中外合拍纪录电影《象行记》项目启动活动，重访西双版纳，生态优美，人象和谐，文旅繁盛，民族团结，和合共生，成此组俳以记之。

[2] 由中国外文局和 IMAX 院线公司、新加坡海滩别墅影业公司合拍的生态纪录电影《象行记》项目，2023 年 11 月 16 日在西双版纳顺利启动。

三

告庄夜市忙，
星光璀璨人气旺，
欣欣向荣样。

四

勐巴拉娜西，
好山好水演好戏，
民族团结喜。

五

篝火晚会旺，
中外宾朋欢舞畅，
月妒星嫉狂。

六

热带花卉园，

争奇斗艳满目炫，

果实累累绚。

七

景洪办展览，

知青岁月惹人看，

激情永叹赞。

八

傣族非遗多，

织布造纸陶罐火，

贝叶写经阔。

九

剽牛咒水过，
民族团结盟誓做，
石碑永证祚。[1]

十

孔雀翎羽美，
亚洲象群版纳倍，
生物多样肥。[2]

[1] 1951年元旦，翻身解放的西双版纳地区26个兄弟民族，盟誓并立下民族团结誓词碑，决心一心一德，团结到底，誓在中国共产党的领导下，为建设和平自由幸福的大家庭而奋斗。

[2] 西双版纳生态优美，人文丰富，环境保护有力，亚洲象数目倍增，已超300头，令人欣喜。

婺源五首[1]

一

歙砚出婺源，

龙尾山上老坑全，

纹多国宝炫。

二

石门村里转，

月亮湾畔诗意卷，

蓝冠噪鹛欢。

[1] 2024 年 3 月 21 日，在婺源参加“丝路百城传”之《婺源传》首发式，顺访婺源，得此组俳。

三

篁岭风物秀，

春放黄花续晒秋，

日迎万客流。

四

婺源生态好，

新安江水映鱼高，

捣衣洗菜闹。

五

江湾景色娇，

乡村旅游宾客笑，

富民起新潮。

文明交流

卷三

兰花已盛开，中外文明交流来，世界更精彩。

——汉俳 咏兰花奖

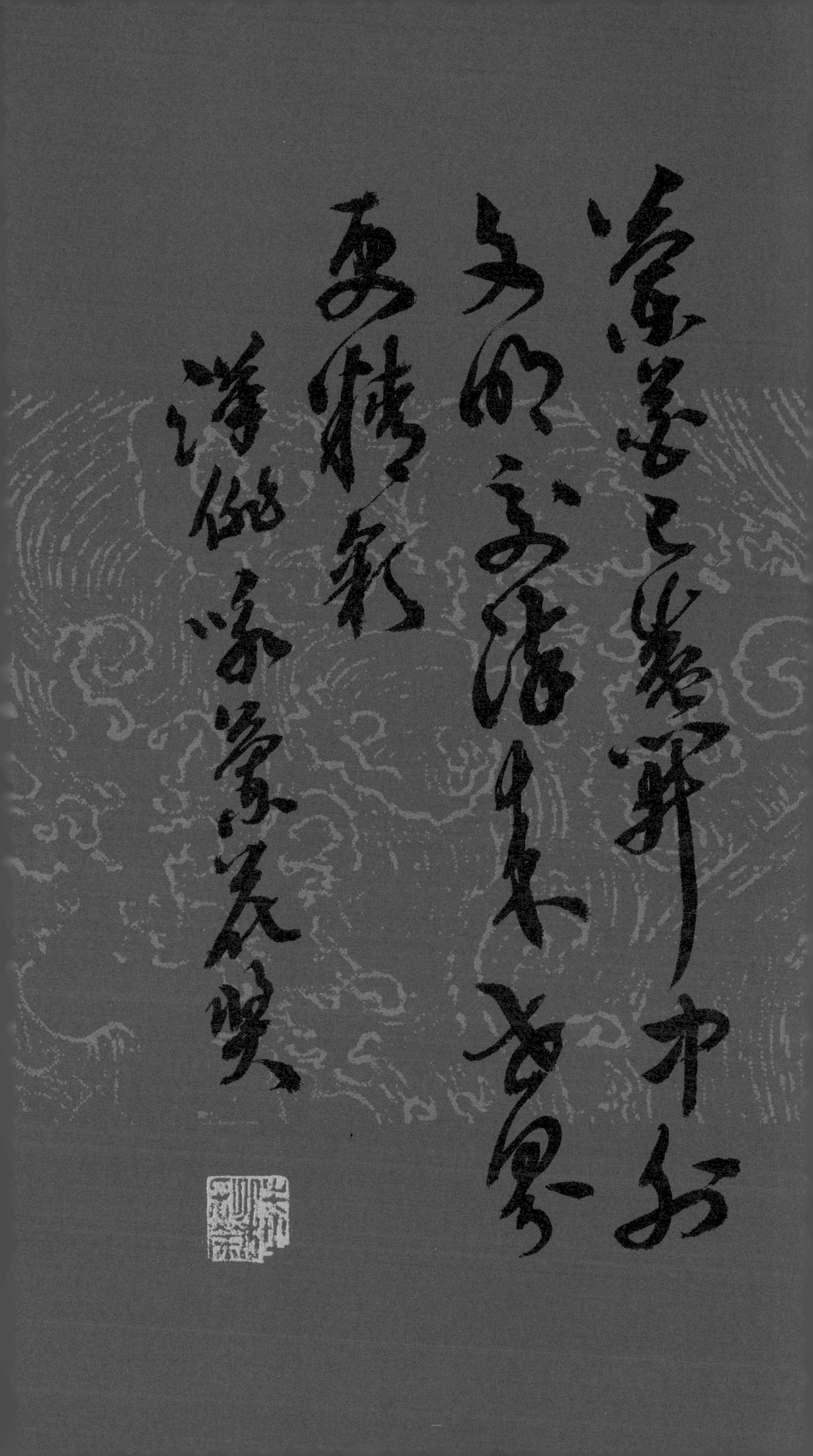

感受进博会三首[1]

一

创新开放飞，
天南海北物华美，
进博精品堆。

二

有容乃大气，
搜尽天下精华齐，
靓展环球喜。

三

进博传喜讯，
国图拿下摊位云，
一展风采俊。

[1] 中国上海进口博览会，是中国扩大对外开放的重要一招。自2018年开办以来，受到世界各国经贸人士的一致好评，为加强经济全球化、推动世界经济发展作出了特殊贡献。国图上海公司拿下2020年第三届进博会50平方米的摊位，展出图书产品，为做好进博会工作打下了良好基础。

读懂中国

读懂中国梦，
中外作者汇羊城，
共话新作萌。

金砖人文交流[1]

天意不可违，
金砖五国开新会，
人文交流贵。

[1] 2020 金砖国家治国理政研讨会暨人文交流论坛于 2020 年 12 月 3 日至 4 日举行。疫情阻挡不了人类交流的步伐，但很大程度上改变了人类交流的方式，主要方式从线下转变为线上，别开生面。

杜威全球对话[1]

一

国际友好日，
全球对话来相识，
交流精彩至。

二

线会潘基文，
国际友好对话增，
隔空心愿闻。

[1] 2011年，在时任联合国秘书长潘基文见证下，联合国大会表决通过，正式设立“国际友好日”。从此，用友谊架设桥梁，促进对话、增进互信愈发成为世界各国的共识。2021年7月29日，第五期“杜威中国全球对话活动”在北京举办，联合国前秘书长潘基文、联合国前副秘书长金垣洙、中国人民对外友好协会原会长李小林、故宫博物院原院长单霁翔、中国美术馆馆长吴为山、敦煌研究院副院长罗华庆等出席。

三
朋自远方来，
周而不比意境开，
美美与共彩。

中欧美慈善[1]

中欧美慈善，
博爱仁心天下灿，
合作利民赞。

1 “中欧美慈善合作倡议”高级别在线会议 2021 年 9 月 8 日成功举办。中欧论坛创始人、中欧美全球倡议发起人高大伟主持。联合国教科文组织前总干事伊琳娜·博科娃等 20 多位中外嘉宾先后发言，大家对做好慈善合作表示了充分的信心和良好的祝愿。

中西文明对比

一

上帝造世道，
基督文明教化到，
助力西方跑。

二

适者生存间，
逐鹿追梦不等闲，
弱肉强食见。

三

遗传承转轮，
不变万变重续庚，
中和致知循。

四

变异超越勇，
西方进化重途穷，
置之死地雄。

五

西方文明瞧，
希腊罗马基督教，
人神共计较。

六

家国情怀广，

活在当下争荣光，

建功立业赏。

七

我行我素端，

极乐天堂慰心宽，

何惧亡命官。[1]

[1] 东西方世界观、人生观、价值观差异颇大，东方重当下，西方重天堂，生死落差大，行思大不同，沟通中外，难上加难。

开悟：日本文化印象

一

本来无一物，
无风无物亦无常，
何处惹花香？

二

幽玄加寂寥，
世无定数增魅力，
扶桑荒诞里。

三

飞花落叶悟，
花开花落花无数，
谁能拥花处？

四

陆地不发花，
卑湿淤泥生此华，
莲花正觉夸。

五

萎趣含美样，
凋花失色留残香，
扶桑忧情伤。

六

天地人相仿，
飞花落叶有无常，
时时处处藏。

七

佛法僧三宝，
出家谁说无牵报，
功业不停劳。

世界语博物馆[1]

小小博物馆，
世界语料俱齐全，
肃然起敬观。

[1] 山东枣庄建起了世界语博物馆，收集了世界语发展成长的大量史料及实物，功莫大焉。这里还开办了国内首个世界语本科专业，为世界语在中国发展打下了良好的基础。

与北京语言大学联合培养博士[1]

人才百业本，
联合培养出新生，
外宣增后劲。

海外华文媒体北京行——走进外文局[2]

追梦炎黄情，
海外华文媒体行，
百万庄里兴。

[1] 2019年7月3日，中国外文局与北京语言大学签署联合培养博士研究生协议，启动联合培养高端翻译人才项目，为提升对外翻译能力与水平夯实基础。此为国内首家政校合作联合培养应用型人文高端人才项目，意义非凡。

[2] 2019年7月4日，由北京市侨联组织的海外华文媒体北京行——走进中国外文局活动举行。来自美国《中华商报》、北欧国际新闻中心、澳大利亚华夏传媒集团等13个国家和地区的23名媒体负责人来到中国外文局参观访问。

会见冰岛大使[1]

冰岛友人来，
巴尔杜尔赠书代，
世界语境开。

贺第二届敦煌诗词周

敦煌诗词风，
培根铸魂使命重，
妙在乐大众。

[1] 2019年7月8日，冰岛驻华大使古士贤和前参赞拉格纳尔·鲍德松夫妇来外文局做客，向中华全国世界语协会赠送冰岛诗人、著名世界语者、原国际世界语协会文化委员巴尔杜尔·拉格纳尔森珍藏的1000册图书。其间，我们就加强中冰文化交流，深化图书合作翻译出版、举办双边摄影展、出版双边画册等进行了广泛交流。我还向他们约稿，让他们写写眼中的中国。

乾坤寄笔端[1]

山声水影传，
收拾乾坤寄笔端，
诗文写胸峦。

日本世界语百年[2]

百年忽已去，
勉力发展世界语，
沟通无限距。

[1] 第二句出自越南诗人武希苏《华程学步集·昭平舟次夜坐》，原句为“山声水影皆诗料，收拾乾坤寄笔端”。

[2] 贺日本世协创办百年，应中华全国世界语协会邀请书写“发展世界语，造福全人类”条幅以赠。

贺北京冬奥会

一

冬奥迎春开，
环球健儿竞技来，
北京晒精彩。

二

冬奥立春开，
命运与共携手来，
天下大情怀。

三

冬奥如意开，
人类团结放光彩，
一起向未来。

四

春打六九头，

冬奥盛开北京后，

五环壮志酬。

五

立春迎冬奥，

汉俳放歌云缥缈，

曲高和众妙。

六

冬奥迎春开，

北京放怀纳英才，

一起向未来！

七

小将大舞台，
北京蓝天任飞来，
谷爱凌梦开。

八

首钢跳台喜，
凌空一跃展雄姿，
放飞冠军时。

九

九金闪闪亮，
墩墩实实耀星光，
中华健儿强。

十

北京冬奥壮，
春天故事激情昂，
九金耀梦想。

十一

北京冬奥强，
九金闪闪耀辉光，
春意喜飞扬。

祝贺中国喜获冬奥首金

中国健儿强，
冬奥首金五环亮，
旗红冰花香。

冬奥庆元宵

一

闻说好热闹，
墩墩容融一起到，
冬奥庆元宵。

二

墩墩加容融，
元宵冬奥喜相逢，
欢乐求大同。

中外员工座谈[1]

群星荟萃聊，
融通中外传神好，
翻译架心桥。

[1] 2022 年 11 月 17 日，中国外文局举办座谈会，邀请局内英语专家大卫·弗格森、日语专家菊池秀治、德语专家李博瀚、俄语专家季莫非、阿语专家阿菲斯·阿卜杜拉、世界语专家拉斐尔·泽尔贝托等外国专家与青年员工座谈学习习近平总书记给外文出版社外国专家回信精神，加强翻译能力建设，提升国际传播影响力、亲和力。

喜贺中国文学盛典·鲁迅文学奖之夜[1]

一

盛典华灯开，
文学致敬新时代，
群星荟萃来。

二

文学盛典开，
人民至上新期待，
鲁迅梦游来。

[1] 2022年11月20日晚，“中国文学盛典·鲁迅文学奖之夜”在北京中央歌剧院隆重举行。躬逢盛典，体悟文学魅力，心有灵犀，得此组俳，以记贺之。

三

文学迎盛典，
歌剧院里群星艳，
高原高峰牵。

四

作协创意涌，
文学之夜趣味浓，
人书俱欢中。

中韩媒体高层对话[1]

一

中韩交流行，
媒体高层对话新，
友好合作兴。

二

中韩建交好，
三十而立境界高，
携手创新潮。

[1] 2022 年是中韩建交 30 周年。第 14 届中韩媒体高层对话活动于 2022 年 11 月 22 日在北京和首尔通过视频方式举行。此活动对于促进两国媒体交流，增进两国理解发挥了重要作用。

丝路金桥[1]

丝路金桥宽，
人类命运一体观，
天下为公欢。

临琼泽润

学无止境时，
历史文化讲座喜，
诗与远方济。

[1] 艺术家舒勇创造了《丝路金桥》琉璃雕塑，享誉中外。

兰花奖[1]

一

兰花已盛开，
馥郁芳香雨露来，
滋润大世界。

二

兰花已绽放，
芬芳沁润与世香，
文脉天地长。

[1] “兰花奖”是国际文化交流领域的重要奖项，由中国外文局发起设立，旨在奖励全球范围内，投身国际文化交流事业，致力于促进中外文化交流、文明互鉴的外籍人士或机构。自 2022 年起设立，每年评选一次。

三

兰花举世赏，
佳叶丽花爽心房，
文明颂德芳。

四

兰花已盛开，
中外文明交流来，
世界更精彩。

贺国际书店重张

擦亮老品牌，
国际书店放光彩，
文化强国来。

赞美丽公约志愿者[1]

最美志愿者，
世界屋脊践约责，
呵护见爱德。

1 美丽公约志愿者用 11 年时间建立起文明旅游宣传、环境保护志愿服务、高原旅游垃圾分类回收三大系统，每年动员 10 万名以上游客志愿者参与行动，为守护世界屋脊、擦亮天路作出了重要贡献。

书画艺术

卷四

笔墨纸印砚，文房四宝助大业，书艺醉心结。

——汉俳 书法

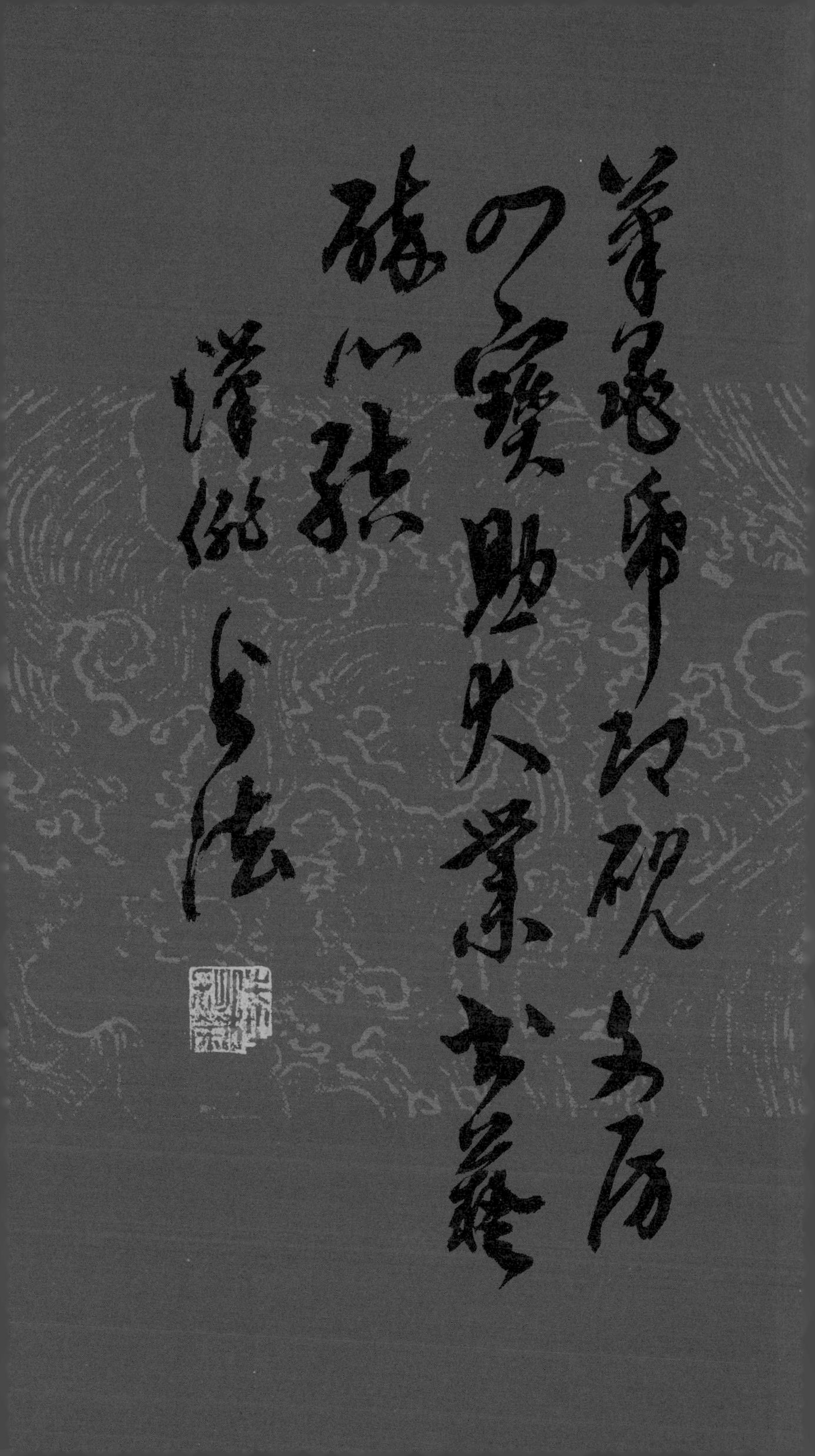

书法十一首[1]

一

上古无字编，
结绳记事传文明，
功绩续万年。

二

龟甲传千年，
刻符画文记史绵，
源远不断线。

1 中国书法，源远流长。书法，作为中国文化符号，承载着博大精深的中华民族精神，其外师造化，中得心源，纵横挥写间，成就了人类文明的艺术境界。继承弘扬中国书法，就是继承弘扬中华文化与中华文明。今以汉俳十一首，简述书法的伟大与高远。

三

简帛书法真，
朴茂率真天趣生，
拙雅随意增。

四

篆籀规矩多，
率意为之圆笔作，
斯文自此阔。

五

汉隶继秦篆，
裁弯取直留波燕，
书道文脉传。

六

楷书立规矩，

点画精准艺魂举，

泱泱书道续。

七

行书挥写简，

文质彬彬姿妍艳，

高山流水延。

八

上马击狂横，

匆匆不暇草书生，

下马挥写成。

九

挥洒涂抹样，
现代书法创新忙，
墨迹心声张。

十

笔墨纸印砚，
文房四宝助大业，
书艺醉心结。

十一

风樯阵马疾，
气势雄壮八面及，
沉着痛快系。[1]

[1] 米芾书趣，八面出锋，意趣横生。

叶纸

树叶可当纸，
纵横笔墨有奇意，
老贝经可依。

赞霜霜爸爸雕塑[1]

雕造夺天工，
融通中外真英雄，
胆大艺高炯。

[1] 霜霜爸爸乃吴为山微信名也。

大众篆刻展二首

一

大众篆刻兴，
七十华诞普天庆，
印记中国心。

二

中华世纪坛，
大众篆刻印记展，
风流今朝看。[1]

[1] 2019年9月9日，“印记中国（1949—2019）——庆祝中华人民共和国成立70周年大众篆刻作品展”在北京中华世纪坛艺术馆开幕。余应邀出席，饱览参展400余件大众篆刻作品。精彩纷呈，技艺精深，篆刻文化前景大好。

第二届中日书法联展[1]

泼墨挥毫酣，
中日书法喜联展，
东方文化赞。

法无定法[2]

竹枝词里新，
法治文化抒真情，
家国梦中兴。

[1] 2019年9月15日，第二届中日书法联展在北京国际文化交流中心举办。日本38件作品，中国60件作品参展，我书写的《中日书法连根远》俳句作品参展。展后举办研讨会、笔会和欢迎酒会。

[2] 中国法学会等单位联合举办“庆祝新中国成立70周年——书画名家书写法治作品展”，余书自作诗《竹枝词》一首参展。

书画名家作品进万家活动三首[1]

一

书画频道念，

盛世华诞七十年，

艺术点亮天。

[1] 书画频道举办“盛世华诞七十周年·书画名家作品进万家”大型文化惠民活动，邀请百位书画名家创作作品，以惠民价格向书画爱好者发售。2019 年 6 月 20 日，在北京奥林匹克森林公园书画频道美术馆举办启动仪式。

二

岁月飞驰过，
艺术点亮新生活，
人生滋味阔。

三

时序到仲夏，
书画作品进万家，
艺术惠民佳。

“又见大唐”展十一首

一

国庆逢重阳，
贺七秩又见大唐，
盛世多华章。[1]

二

己亥金秋祥，
贺国寿又见大唐，
沈阳添华章。

[1] 2019年10月7日，时在重阳，辽宁省博物馆举办“又见大唐”书画文物展，展出《簪花仕女图》《虢国夫人游春图》《草书古诗四帖》等38件国家一级文物，气象非凡，令人大开眼界。新星出版社出版《一眼识大唐》一书，为展览解读。时任辽宁省委常委、宣传部部长张福海等出席开幕式。

三

山高日升隆，
颜大将军中兴颂，
真力弥满重。

四

吐蕃王遣使，
太宗步辇和亲时，
长安盛事诗。

五

华服丽人行，
虢国夫人游春兴，
一代风华情。

六

开元盛世图，
九州道路无豺虎，
韩滉五牛臒。[1]

七

地辟天又开，
神州处处生机在，
瑞庆大方来。

八

单线勾勒来，
五马抖擞飞神彩，
白描始祖开。[2]

[1] 唐韩滉《五牛图》独步千秋画坛。
[2] 北宋李公麟被誉为“白描始祖”。

九

《萧翼赚兰亭》，

辩才欺君终获免，

太宗赏不停。

十

龙眠画马雄，

画肉画骨又画风，

一洗凡马空。[1]

十一

唐人宫乐凝，

品茗奏乐行酒令，

庄谐共融添。[2]

[1] 李公麟画《照夜白》神完气足，摹品陈列，甚为壮观。

[2] 《宫乐图》描绘了唐代贵夫人聚会场景。

百望山碑林二首

一

顺坡建碑林，
百望山上美景仙，
绿化美化连。

二

山石向天生，
书贵瘦硬方通神，
刻碑传久恒。[1]

[1] 首都绿色文化碑林管理处在百望山森林公园建设书法碑林。余应约书写荀子句“天有常道矣，地有常数矣，君子有常体矣”，并镌刻在百望山北门内西环步行道中间山坡上。余曾给策展人张杰发微信：“踏遍青山人未老，犹存雄心付笔墨。”

中秋雅集四首[1]

一

书画频道请，
登高望月壮思情，
中秋雅集精。

二

书画频道请，
中秋雅集登高行，
挥洒家国心。

[1] 中秋前夕，书画频道在奥林匹克塔上举办“登高望月——2019书画名家中秋雅集电视晚会”，其乐融融。有诗曰：“奥运塔上风光好，中秋雅集意趣妙。登高望月壮思飞，泼墨挥毫写心潮。”

三

奥运塔上喧，

摘星摸月集贤远，

挥毫写心愿。

四

月到中秋明，

诗酒年华趁兴见，

真心泼墨连。

中日书法交流二首

一

书画本同源，
中日书道缘自远，
笔歌墨舞愿。

二

艺贵有法源，
中日书道连根远，
美美与共炫。

焦墨画[1]

境由造化培，
焦墨山水写块垒，
画自灵府堆。

书画频道举办书画惠民活动

艺趣乐天涯，
飞入寻常百姓家，
书画惠民佳。

[1] 友人邵璞专攻焦墨画，日渐成熟，有感于斯。

百名摄影师聚集新中国 70 年展览

影像忆芳华，
百人摄影聚焦雅，
七十华诞夸。

法治文化书法展

挥毫写法道，
法治文化创意高，
展览颂国豪。

艺情[1]

春风花草香，
心手相师势转强，
何处是故乡？

大家写书法

一起写书法，
福到全球千万家，
大爱满天涯。

1 艺术风格的形成，决非一时之功，需要久久为功，孜孜以求。

再咏书法九首

一

石书刀笔功，
法碑精品千年雄，
艺魂传承中。

二

刀刻石板字，
鬼斧神工艺魂立，
神碑传万里。

三

摩崖石刻炯，
法书道碑藏山中，
千年不朽功。

四

凿山挖洞来，

造像法书艺风开，

石窟藏神彩。

五

敦煌麦积山，

龙门石刻榆林灿，

西安碑林赞。[1]

六

石门颂打底，

祭侄文稿寒食帖，

兰亭序永立。

[1] 榆林窟位于甘肃榆林沟中，壁画雕塑神彩飞扬，精品荟萃，美不胜收。

七

自叙食鱼帖，
松风阁里曹全碑，
上阳台神飞。

八

李斯小篆立，
仓颉造字结绳离，
文明开化里。

九

三希堂法帖，
快雪时晴奉橘歇，
二王书风缔。

仰山雅集四首[1]

一

奥森公园好，
春夏秋冬各风骚，
众乐福报高。

二

设展布台巧，
书画频道领新潮，
传承文明骄。

[1] “仰山雅集”是书画频道的一大创造，与“中秋雅集”一起构成当代春秋两季文化现象。“仰山雅集”自2014年创办以来，为团结书画家传承中华优秀文化作出了重要贡献。2022年4月2日下午，以“致敬经典”为主题的“壬寅·仰山雅集”在书画频道露天广场举行。是日也，春和景明、天朗气清，惠风和畅、少长咸集，挥毫泼墨、歌舞助兴，其喜洋洋者矣。

三

仰山雅集妙，
群贤毕至风光闹，
笔歌墨舞笑。

四

壬寅雅集俏，
致敬经典追舜尧，
守正创新道。

瓷上书法[1]

一

挥毫对新坯，

疾涩轻重小心写，

初尝瓷书味。

二

初釉瓷板好，

挥洒自如艺境潮，

火烧更精妙。

[1] 2022年11月7日至9日，去景德镇参加国际陶瓷艺术节和“丝路百城传”之《景德镇传》首发，8日晚，应江西省书法家协会主席毛国典邀请去陶瓷作坊写坯书。是日也，恰逢中国记者节，便专作汉俳一首，题写在瓷瓶上，此很可能为汉俳首次入瓷瓶。

三

幸会毛国典，
激励尝试瓷书练，
精进创意定。

为中国记者节而作

铁肩担道义，
人间冷暖须勤记，
妙手传豪气。

南社砚谱二首[1]

一

一砚一世界，
南社砚谱晒精彩，
华夏文脉开。

二

小砚藏大爱，
南社砚谱放光彩，
民族瑰宝来。

[1] 南社将其重要成员的铭题刻于老坑歙砚，并用拓片约请当下文化人士题写感言。余有幸为吴稚晖的“为我民族，留此精华”砚拓题感。

千朵菜花黄三首[1]

一

千朵菜花黄，
香艳天地诗意昂，
远客心荡漾。

二

千朵菜花黄，
诗书画家采风忙，
新作传世响。

[1] 乙巳清明，诗书画名家走进泰州采风活动顺利举行。中国美术家协会主席范迪安、中国书法家协会主席孙晓云、中华诗词学会会长周文彰分别率队参加。诗书画家陶醉在千朵花海中，文思泉涌，佳作迭出。

三

千垛菜花黄，
文艺名家写生狂，
挥洒创新样。

白蛇迎春[1]

乙巳喜抖擞，
戴老捐画文润阁，
白蛇迎春客。

[1] 乙巳元宵佳节，八十八岁米寿之年的上海著名插画家戴敦邦先生，专程来到国家版本馆杭州分馆文润阁，向该馆捐赠其创作的白蛇传插画原稿55件，同时举办了由外文出版社和西泠印社据此画稿精心编制的新书《画里话外三生缘——戴敦邦绘<白蛇传>新篇》首发式。

书展出版

卷五

大千世界广，丝路百城动四方，日久见沉香。

——汉俳 丝路百城传

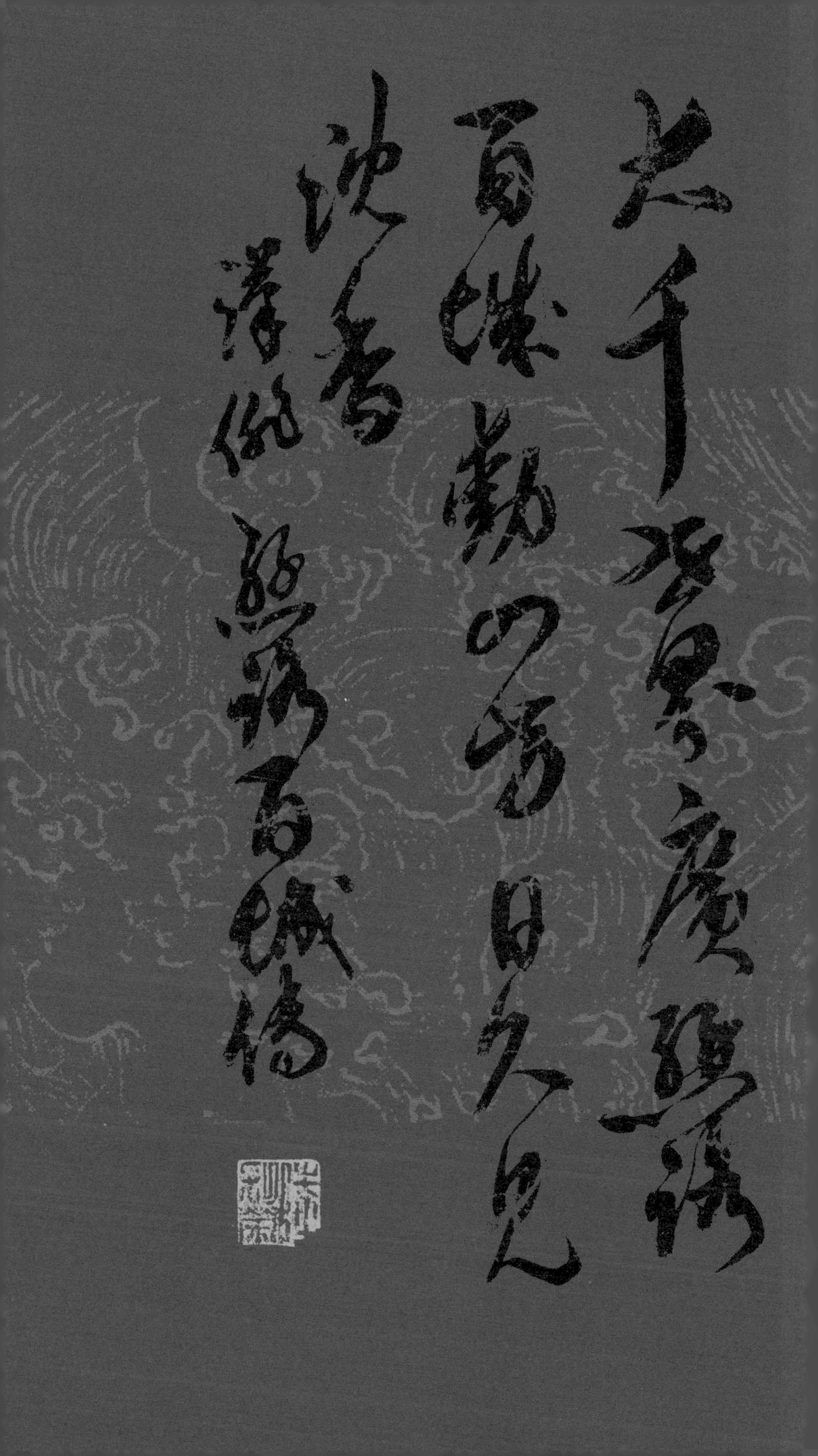

《中国封面》开机座谈[1]

封面忆中国，
丰富多彩展硕果，
一片见风骨。

大中华文库

泱泱大中华，
东学西译文明花，
交流互鉴嘉。

1 2019 年 4 月 15 日，央视纪录频道《中国封面》开机座谈会在中国外文局文化创意广场举行。时任纪录频道副总监冯雪松率领摄制组出席，我和局总编室、国合部以及外文出版社、北京周报社等单位领导参加。该片为记录新中国对外出版事业 70 年发展历程的两集纪录片，上集是期刊封面故事，下集是图书封面故事，以中国外文局为原点，展现一部对外交流史，向新中国成立 70 周年献礼，很有意义。时任外文出版社社长徐步称其是“岁月音符、历史年轮、国家脸谱、时代记忆”。

《星云大师全集》新书首发[1]

百部卷帙成，
人间佛教系苍生，
僧俗共点灯。

《论语》中英双语诵读版首发[2]

学而时习佳，
半部《论语》治天下，
双语诵新雅。

[1] 《星云大师全集》简体中文版108卷，由新星出版社编辑出版。2019年6月11日下午，在南京图书馆举办新书发布会。中央统战部、国台办及江苏有关方面共200人出席。我代表出版方致辞。

[2] 《论语》（中英双语·诵读版）由外文出版社出版，2019年6月21日，图书首发式在北京第二实验小学礼堂举行。学生们表演了自编自演的《论语》英文情景剧，集体诵读了《论语》名句，场景感人。

听香集有感[1]

诗词言志深，
瞭望东方系真情，
听香识心声。

火车头新书首发[2]

火车跑得快，
风驰电掣向未来，
全靠车头带。

[1] 同学胡俊凯曾供职于《瞭望》周刊社，赴日工作多年。数年未曾谋面，忽见诗词《听香集》，文采风流，诗词传神。作此小俳以贺。

[2] 2019年10月20日，《共和国火车头——新中国70年见证》中英文版新书首发式在中国铁道博物馆（东郊馆）举行。一批前来参观的小朋友也来参加活动。现场增加了火车头知识问答环节，向答对的小朋友赠送火车头模型。现场气氛热烈，小朋友争相回答问题，令人感动。

云书馆开通[1]

一

国际云书馆，
腾云驾雾天路宽，
人类共把玩。

二

云中读书高，
万般知识随手撩，
个中滋味妙。

1 2020 年 7 月 24 日，“中国国际云书馆”开通仪式在中国外文局综合楼五楼小礼堂举行。云书馆开设习近平总书记重要著作展示厅，《习近平谈治国理政》（第三卷）中英文版成功展出，这也是该书首次在大型活动中亮相。受疫情影响，当时国际重要书展相继取消，此次展出意义重大。

三

行至疫穷处，
天机一现建书都，
文明大殿如。

四

空中书为媒，
穿云破雾友朋随，
个中滋味醉。

五

长风浩然哉，
云中学习强国来，
好书勤下载。

六

云上绽花霞，
纸电一体惠万家，
书香满天涯。

出版平台

好书多风彩，
政府出版建平台，
沟通大世界。

爱德印刷

爱德兴书业，
精彩纷呈散新叶，
百年和合烨。

北京书展五首

一

北京书展远，
不卖图书卖版权，
书梦携手圆。

二

北京书展炫，
不卖图书卖版权，
书商心如愿。

三

北京书展喧，
不卖图书卖版权，
输出奏凯旋。

四

以书为媒牵，
对外出版七十年，
沟通无限线。

五

以书为责坚，
对外出版七十年，
精品亮眼线。

上海书展[1]

一

上海书展实，
大卖图书盛况喜，
万众狂欢时。

二

上海书展实，
书商摆摊低平池，
读者好阅试。

[1] 中国外文局7家出版社和国图上海公司并肩奋斗，在2019年上海书展逐日拼搏，不断创造销售佳绩，可喜可贺。

三

上海书展实，
买书卖书逐日试，
早晚不断事。

四

上海书展实，
七星高照外宣事，
售书佳绩至。

五

沪上传捷报，
卖书业绩勇攀高，
睡意四散跑。

六

望上海书展，

好书不断随意看，

惊喜连连攀。

七

以书为媒来，

对外出版七十载，

沟通无限开。

《深圳传》首发[1]

鹏城气象新，

庚子金秋人欢欣，

复活添信心。

[1] 2020 年 9 月 13 日，“丝路百城传”之《深圳传》首发式在深圳书城中心城举办。

丝路百城传二首

一

大千世界广，
丝路百城动四方，
日久见沉香。[1]

二

千年古道嗨，
丝路百城传世界，
“一带一路”湃。

1 “丝路百城传”是中国外文局新星出版社、外文出版社的重大出版项目，旨在通过此项目促进城市传记创新发展，弘扬“一带一路”精神，推动人文交流，服务人类命运共同体建设。

济南书市[1]

济南办书展，

泉水叮咚书香散，

万众争相看。

第二届全民阅读大会[2]

全民阅读忙，

南宁书展人气旺，

书香中国长。

[1] 2021年7月15日，第30届全国图书交易博览会在山东济南国际会展中心开幕。

[2] 2019年10月25日至26日，第二届中国全民阅读年会在南宁举行。我应邀出席并作主题发言《享受阅读享受成长》。

贺谭跃先生《陶罐有诗句》出版[1]

未读已闻香，
陶罐有诗趣味长，
与君共品尝。
但品情怀浇块垒，
与君一醉一流觞。

中国地图出版社

规矩乾坤大，
经天纬地方圆加，
山川藏书匣。

[1] 谭跃先生退休之时，出版《陶罐有诗句》及两本出版方面论述。其古体诗集尤为可贵，故得此一俳以贺。

时光政风

卷六

国家版本馆，传世工程千秋贯，文明基因欢。

——汉俳 咏国家版本馆

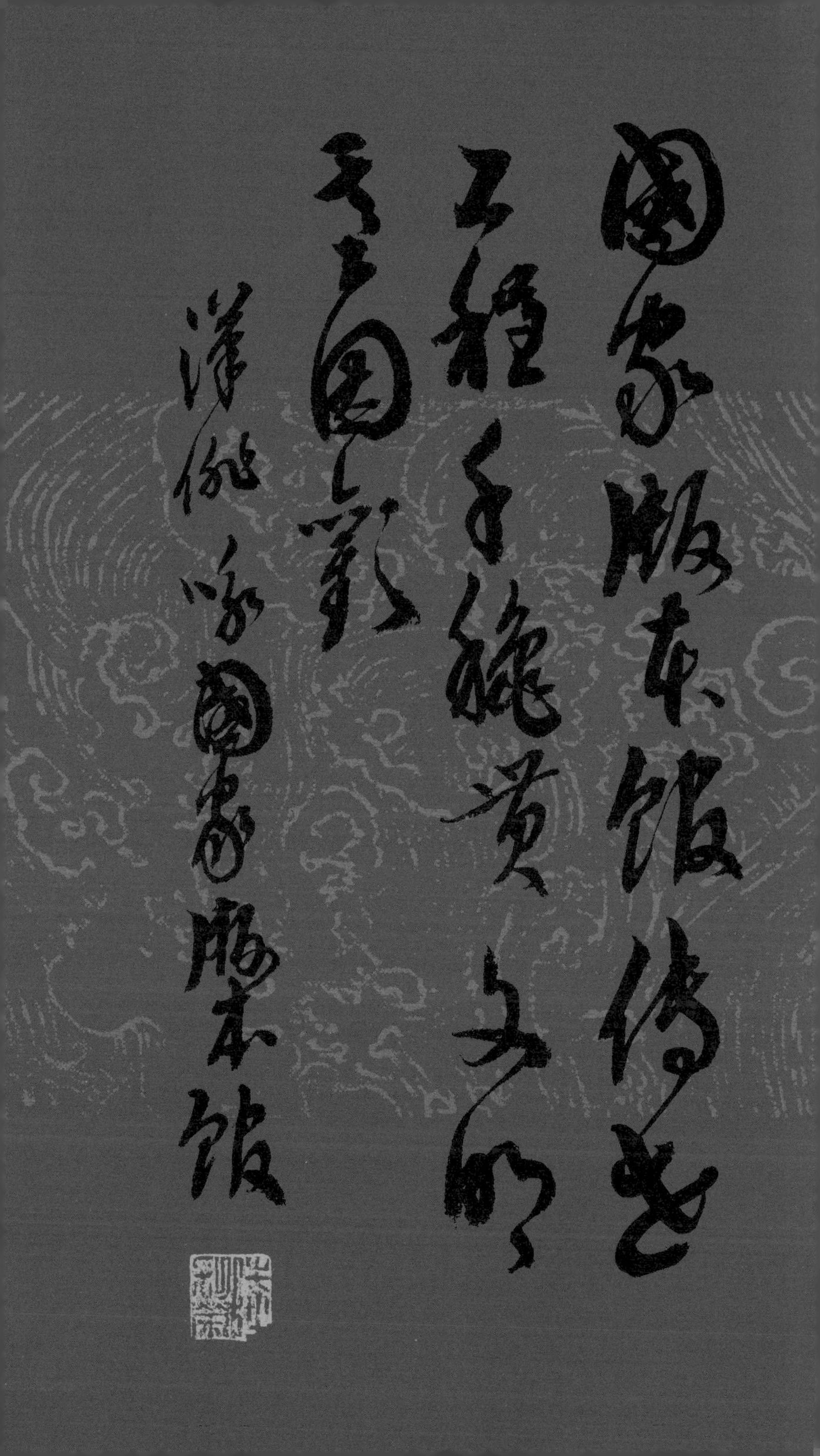

5G 发放

5G 仲夏来，
改变生活魅力嗨，
焕然新境开。

天人共念毛主席[1]

大雨落幽燕，
天人共念毛主席，
情动风云急。

[1] 2019 年 9 月 9 日傍晚，华北大雨。

喜贺新中国七十华诞八首

一

奋斗七十载，

中华儿女尽英才，

改革展风采。

二

追梦七十载，

强国富民展雄才，

开放更出彩。

三

七十华诞敬，

共享荣光迎国庆，

皆大欢喜心。

四

七十载奋斗，
新中国壮志喜酬，
强国富民寿。

五

官兵挺胸膛，
三军受阅真雄壮，
威武冠四方。

六

国庆七十寿，
盛典庆贺众志酬，
军民共欢奏。

七

国迎七秩寿，
九州同庆喜相酬，
秋艳耀心头。

八

乾坤朗朗行，
华夏民族一家亲，
中国梦里庆。

中央国家机关主题音乐会[1]

一

中山音乐堂，
不忘初心演出忙，
牢记使命强。

二

爱乐交响来，
北京喜讯到边寨，
走西口不再。

[1] 2019年6月24日，中央国家机关文明办在中山公园音乐堂举办“不忘初心 牢记使命”主题音乐会，庆祝中国共产党建党98周年。中国爱乐乐团演出了《红旗颂》《胜利会师》《北京喜讯到边寨》《红色娘子军》等中国歌曲改编的交响乐，旋律飞扬，动人心魄。

三

红旗颂纯情，

万泉河水清又清，

胜利会师敬。

四

红色娘子军，

天涯海角建功勋，

椰风飘海韵。

五

管弦齐放乐，

激情燃烧好岁月，

余音绕梁越。

抗战颂三首

一

抗战十四秋，
同仇敌忾斗顽寇，
正义贯全球。

二

抗战十四秋，
血战到底不罢休，
不屈壮志酬。

三

抗战十四秋，
坚忍不拔胜利求，
喜气满神州。

中山先生塑像[1]

先生当街站，
浩气长存天地间，
“三民”润心丹。

贺《光明日报》创刊70年[2]

风雨兼程路，
光明日报七十度，
矢志不移途。

[1] 南京新街口广场矗立着孙中山先生像，天下为公，浩气长存。

[2] 追求真理、不忘初心、传播正能量，勇于实践、牢记使命、弘扬大光明。这是一条光明之路，更是一条不平凡之途。团结起来，光明必然在望。

脱贫攻坚三首

一

对口扶贫起，
矢志攻坚不疑迟，
气壮山河诗。

二

摆脱贫困行，
神州大地攻坚紧，
奇迹中华赢。

三

奋斗幸福生，

全面小康大功成，

众乐乐天增。[1]

[1] 消除贫困，自古以来就是人类的共同理想。2000年，联合国千年首脑会议上，各国领导人通过了以减贫为首要目标的千年发展目标。2015年，联合国发展峰会上，世界各国领导人共同通过了以消灭贫困为首要目标的2030年可持续发展议程。21世纪初始，中华大地上演了气壮山河的脱贫攻坚战，全国人民齐心协力，共同向贫困宣战。2021年2月25日，中国向世界庄严宣告：中国脱贫攻坚战取得全面胜利。现行标准下9899万农村贫困人口全部脱贫，832个贫困县全部摘帽，12.8万个贫困村全部出列，区域性整体贫困得到解决。中国人民完成了消除绝对贫困的艰巨任务，困扰中华民族几千年的绝对贫困问题得到历史性解决！7月1日，中国又庄严宣告：全面小康社会顺利建成。这是人类减贫史、发展史上的奇迹，更是中国共产党为中国人民谋幸福、为中华民族谋复兴的成功实践。

建党百年六首[1]

一

百年奋斗接，
筚路蓝缕奠伟业，
初心永相结。

二

苦难铸辉煌，
民族复兴见曙光，
梦圆在前方。

三

风险挑战涌，
乱云飞渡仍从容，
大浪淘沙中。

[1] 2021 年，中国共产党建党百年，故作此俳以贺。

四

苦难铸辉煌，
百年奋斗不寻常，
梦惊天下扬。

五

百年奋斗强，
强国富民山河壮，
梦圆九州香。

六

美术绘党史，
百年历程雄魂诗，
回首惊缪斯。[1]

[1] 2021年4月15日，中国美术家协会分党组书记、驻会副主席徐里来中国外文局作“美术作品中的百年党史”专题讲座，用大量生动的美术作品串讲了中国共产党百年奋斗史，可谓思想性、艺术性俱佳。

俳咏京张高铁并冬奥会[1]

一

百年京张线，
天佑中华一路牵，
民族振兴见。[2]

二

智能高铁建，
龙凤呈祥追光线，
冰雪世界恋。[3]

[1] 因在京张高铁太子城站举办《大国速度　百年京张》新书首发式及在京张铁路詹天佑纪念馆和青龙桥车站参加党史学习教育，心有所感，得此组俳。

[2] 京张铁路由百年前的旧线与当代新线构成，新线又称“京张高铁”，开行智能列车，时速高达 350 公里，与百年前京张铁路刚建成时时速 35 公里相比，堪称历史性跨越。习近平总书记在视察冬奥会时深有感触地说，1909 年，京张铁路建成；2019 年，京张高铁通车。从自主设计修建零的突破到世界最先进水平，从时速 35 公里到 350 公里，京张线见证了中国铁路的发展，也见证了中国综合国力的飞跃。回望百年历史，更觉京张高铁意义重大。

[3] 京张铁路上运行的智能高铁有两种图案，分别是龙凤呈祥和瑞雪迎春，风驰电掣，追赶时光前行，惊艳动人。

三

点爆加微震，
八达岭下站台深，
百米佑长城。[1]

四

青龙桥老站，
藏在山谷仍灿烂，
人字坡点赞。[2]

1 京张高铁八达岭长城站核心区建在地下埋深 102 米深处，为保护古长城，铁路建设者创造性采用精准微损伤爆破技术，顺利完成工程。

2 京张铁路建设当年，为解决火车爬坡坡度过大问题，詹天佑和工程技术人员在青龙桥站区创造性地设计了人字坡线路，采用前后两个火车头前拉后推技术，实现了安全运输。今天，这座百年老站仍在坚强服务社会大众。

五

太子城横空，

颁奖广场孕育中，

当惊世界红。[1]

六

迎五洲健将，

冰雪小镇意气昂，

奥运精神强。[2]

[1] 京张高铁太子城站是北京冬奥会张家口赛区核心区。车站对面广场也是该赛区50多枚金牌的颁发区，吸引世界目光。

[2] 太子城站前广场区，建设集住宿、会议、办公、餐饮、休闲娱乐等于一体的多功能小镇，服务八方宾客。

七

山巅建妙房，
雪如意凌空怒放，
百米落差狂。[1]

八

百年京张路，
中华崛起展鸿图，
不忘初心度。

[1] 张家口赛区冬奥赛场，以高山为依托，建有国家跳台滑雪中心，落差150多米。整座建筑采用如意造型，又称“雪如意”，美轮美奂，令人叹为观止。

建党百年八首
——听姜辉《百年党史与中国新时代》走笔[1]

一

往事如烟开，
千年盛世近代败，
救亡图存来。

二

睁眼看世界，
伟大觉醒不懈怠，
奋起勇代谢。

[1] 2021年5月8日，中国外文局学习大课堂邀请时任中国社会科学院当代中国研究所所长姜辉作专题讲座，边听边思边写。

三

苦难铸辉煌，
民族复兴聚众望，
强国富民忙。

四

打得一拳开，
中国精神放光彩，
免得百拳来。

五

东方风来早，
改革开放起新潮，
神州春意闹。

六

山河无恙在，

九州奋发共澎湃，

家国安宁来。

七

人类贡献事，

脱贫攻坚创奇迹，

彪炳千秋里。

八

后浪推前浪，

西方不亮东方亮，

神人共析赏。

庆贺建党百年

一

觉醒诚伟大，
开天辟地闯天下，
振兴中华佳。[1]

二

百年奋进史，
披荆斩棘换天地，
气壮山河诗。[2]

1 面对近代中国贫穷落后的现状，中国共产党人立足中国、放眼世界，开天辟地、敢为天下先，找到了马克思主义，实现了伟大觉醒，踏上了建设中国特色社会主义、振兴中华的伟大道路。

2 中国共产党成立百年来，坚持解放思想、实事求是，带领中国人民披荆斩棘，砥砺奋进，敢教日月换新天，实现了波澜壮阔的发展，谱写了气壮山河的壮丽史诗。

三

旗帜高扬起，
神州大地见生机，
人间创奇迹。[1]

四

初心使命著，
强国富民不停步，
气吞山河路。[2]

1 中国选择了社会主义道路，社会主义给积贫积弱的中国注入了强国之魂。中国人民在中国共产党的领导下，发愤图强，创造了人间奇迹，展现出同心共筑中国梦的强大意志和光明前景。

2 中国共产党始终以“为中国人民谋幸福，为中华民族谋复兴”为自己的初心使命，矢志不移，带领中国人民走上了气吞山河、感天动地、强国富民的光辉道路。

五

春风化雨行，
人面桃花趣映成，
中华巍巍情。[1]

六

装点此关山，
改革开放国策灿，
今朝更好看。[2]

[1] 改革开放有如春风化雨，极大地改变了中国、中华民族、中国人民和中国共产党的面貌，中华民族迎来了从站起来、富起来到强起来的伟大飞跃，以崭新的姿态屹立于世界的东方。

[2] 改革开放是决定当代中国命运的关键一招，也是决定实现“两个一百年”奋斗目标、实现中华民族伟大复兴的关键一招。作为基本国策，改革开放的伟大实践极大地激发了亿万中华儿女的创新创造活力，促进了中华文明的新生，迎来了中华民族伟大复兴的光明前途。改革开放已经成为当代中国最显著的特征、最壮丽的气象。

七

关键一招鲜，

改革开放谱新篇，

光明前景见。[1]

八

创新强国魂，

兴旺发达不停顿，

巍巍莽昆仑。[2]

[1] 改革开放是中国的基本国策。这一面向世界、面向现代化的伟大国策，极大地激发了亿万中华儿女的创新创造活力，促进了中华文明的新生，迎来了中华民族伟大复兴的光明前途。

[2] 创新是民族进步的灵魂，是国家兴旺发达的不竭动力。一个没有创新能力的民族，难以屹立于世界民族之林。

沂蒙精神颂[1]

沂蒙精神缔，
小车推出大胜利，
江山人民立。

贺清华建校 110 周年[2]

人间四月天，
水木清华百十年，
厚德载物见。

[1] 陈毅元帅说，淮海战役的胜利，是人民群众用小车推出来的。习近平总书记说，江山就是人民，人民就是江山，打江山、守江山守的是人民的心。2021 年 7 月 16 日，余随中国出版协会赴临沂沂蒙革命纪念馆参加红色教育。

[2] 2021 年是清华大学建校 110 周年，俳以致贺。

陆童村组俳[1]

一

古有陆童村，

田青水绿乡风醇，

民居悠悠敬。

二

小驻陆童村，

伴爷务农修身心，

无忧无虑生。

1 陆童村位于江苏省兴化市新垛镇，是余祖父辈生长的地方。余幼时，曾为副县长的祖父回乡务农改造。余亦随祖父母返陆童村生活四五年，至九岁时，方回县城上学，从此离开小乡村，踏上求学就职、成家立业的漫漫人生路。阔别近五十载，应邀题写村名，并勒石树碑，以石正名。2021 年国庆期间，与父母小妹等重回小村，已然焕然一新，美丽乡村跃然眼前。感慨万千系于组俳，录以记之。

三

忆昔陆童村，
屋高树大田野深，
乡趣四季增。

四

常思陆童村，
上树下河寻开心，
孩趣溢梦盈。

五

阔别陆童村，
梦里依稀乡情深，
呓语多绵恒。

六

重回陆童村，

乡风村容处处新，

秀美逗诗吟。

七

再进陆童村，

焚香燃纸祭祖坟，

天人共感恩。

八

放眼陆童村，

秋实满目天地情，

诗意随风增。

九

展望陆童村，

振兴中华添壮景，

美丽与时行。

人民防线

人民防线长，

众志成城固金汤，

总体安全强。

长城与黄河

长城[1]

江山留胜迹，
万里长城英雄事，
雄风千秋济。

黄河[2]

巨龙从天降，
九曲黄河万里沙，
奔腾向海涯。

1 化自南宋陆游《送霍监丞出守盱眙》。
2 化自唐刘禹锡《浪淘沙》。

“祖国万岁”收藏展

一

祖国万岁好，
首日封上寄情豪，
家国情怀高。

二

祖国万岁赞，
主题收藏精彩展，
睹物心潮灿。[1]

[1] 庆祝中华人民共和国成立七十周年、中国外文出版发行事业局建局七十周年“祖国万岁”主题收藏展，2019 年 9 月在中国外文局报告厅举办。此次展出的展品来自局职工梁京钢。700 件各界名人签名首日封收藏了大家对祖国的热爱与深情，同时展出的还有同名纸质笔记本、剪纸、香烟火柴贴花、搪瓷托盘、唱片等。祖国万岁！

“一带一路”十一首

一

“一带一路”长，
协和多边境界广，
互利共赢畅。

二

丝路驼铃彩，
一马当先万帮来，
气吞虎燕开。[1]

[1] 山间铃响马帮来，丝路展风采。马踏飞燕，气吞万里如虎，人间交流境界大开。

三

钢铁驼铃响，

丝绸之路换新样，

连通更顺畅。

四

悠悠千年长，

丝绸之路绽新芳，

惠及世界香。

五

商贸交流也，

山间铃响马帮来，

茶马古道开。

六

南方丝路兴，

劈波斩浪海上行，

亲诚惠容情。

七

天涯海角兴，

中欧班列传佳音，

合作能共赢。

八

草原丝路行，

驼铃声声生意兴，

互通有无敬。

九

冰上丝路迎，
踏雪破冰艰难行，
开通新航信。

十

张骞披挂重，
凿空西域大英雄，
功绩贯长空。

十一

弘毅志坚刚，
玄奘西行取经忙，
传法慨而慷。

交通先行六首[1]

高铁

中国有高铁，
风驰电掣豪气提，
方便更快捷。

青藏铁路[2]

世界屋脊踩，
翻山越岭进藏来，
大路通天开。

[1] 新旧世纪交替之际，中国交通基础建设大会战全面展开。高速公路、高速铁路，现代化机场、港口、桥梁纷纷诞生。高速公路伸展到四面八方，复兴号穿行在祖国的大地上，长桥飞架，天堑变通途。新型交通改变着人民的出行生活，压缩了出行时间，神州气象因而焕然一新。

[2] 青藏铁路克服常年冻土、高寒缺氧等重重建设难关，兴奋地在世界屋脊上一路前行，昔日的交通盲区成为风景如画的美丽天路，将西藏更好地融入了祖国交通网络中。

高速公路

条条大路开，
高速出行神州彩，
交通幸福来。

大桥[1]

一桥连两岸，
跨海越江独龙灿，
出行不再难。

1 以杭州湾、港珠澳、羊山港等跨海大桥为代表的一大批特大桥相继建成。与此同时，在中西部建设中，一大批现代化桥梁翻山越岭，加速建设，云贵川深山大岭间，一座座崭新的桥梁战胜了险阻，连通了山山岭岭间的各族人民。独龙族终于有了出山的桥梁和公路，新生活随之开启。

港珠澳大桥

一桥凌波行，
跨海越江抒豪情，
天人共尽兴。

大兴机场

凤凰卧京南，
联通世界勤聚散，
复兴大业伴。

复旦学思组俳[1]

一

旦复旦兮久，
问道求理笃学悠，
慎思敏行修。

二

旦复旦兮久，
新闻旧学俱来修，
铁肩妙手求。

三

旦复旦兮久，
学思践悟与时流，
壮思强心头。

[1] 余 1980—1984 年在复旦新闻系求学，师道尊严，学问宏阔，广搜博学，不求甚解，其乐融融。

四

旦复旦兮久，

学问人生不断修，

主副百业求。

五

旦复旦兮久，

窗外圣贤事书悠，

不辞揖让有。

贺复旦大学百廿华诞[1]

复旦百廿庆，

博学切问校训萦，

自由无用敬。

[1] 2025 年 5 月 27 日，母校复旦喜迎百廿华诞。复旦校训：博学而笃志，切问而近思。复旦人崇尚自由而无用的灵魂。我书写了四尺整张行书作品“日月光华，旦复旦兮”，参加校庆书画展以志贺。当晚，浦江两岸华灯齐放，为复旦百廿华诞点亮霓虹。

浦东赞

浦东开发赞，
上海中心看外滩，
金秋更灿烂。

一大会址

兴业路红火，
八方民众朝圣多，
中华振兴阔。

祭龙华[1]

龙华烈士多，
为党献身为民谋，
中国梦里说。

1 “如果这次能出去，我们要用各种语言，把中国革命的故事传遍世界。”殷夫在上海被捕后，在龙华监狱里学德文，他对狱友如是说。

新战略　新征程　新希望
兼贺红豆集团创立 65 周年[1]

一

春来奏序曲，
转型升级开新局，
民族品牌举。

二

矢志千亿企，
对接消费大趋势，
守正创新机。

[1] 2022 年，红豆集团创立已届 65 年。六十五载风雨兼程，红豆人一直专注经典男装。据统计，红豆衬衫累计销售 2 亿件，逐渐成为著名国民品牌。有感于斯，特作汉俳三首以贺。

三

红豆发新芽，
经典舒适创意佳，
衣果遍天下。

中华颂[1]

泱泱我华夏，
满天星斗耀天下，
文明万代霞。

[1] 改革开放后，在夏鼐、苏秉琦等专家学者的引领下，中华文明起源研究掀起高潮。苏秉琦提出的中华文明起源“满天星斗”说、“古文化、古城、古国”和“古国、方国、帝国”等理论，有力地推进了中华文明起源的研究。根据目前的考古发现，距今5500—5300年前后，各地区都相继迎来文明曙光，且不同区域的社会上层之间存在远距离信息交流，形成了最早的中华文化圈。大量的考古发现，是中国统一多民族国家形成过程的重要实证。

监印三首[1]

一

监印职责重，

天上地下齐出动，

共担大任中。

二

机器响神州，

东西南北勤运筹，

献礼更抖擞。

三

一书动全球，

治国理政天下走，

命运共同奏。

[1] 承担图书监印任务的编辑乘飞机坐高铁，一路奔走，全部到位，大江南北全面开工，开工大吉！

炎夏督印逢雨诗趣四首[1]

一

豪雨浇暑身，
志坚无惧为大成，
书生意气增。

二

狂雨洗征程，
夏衫湿透豪气增，
新著添逸闻。

三

炎夏无常序，
飘风骤雨皆不惧，
狂乱见生趣。

[1] 2022年6月下旬，《习近平谈治国理政》（第四卷）开始试印，我等去督印，有此逸事。

喜贺中国组合太空会师[1]

中国组合来，
太空会师激情嗨，
探索新时代。

版协风光

出版协会张，
交流互鉴为书忙，
七彩文明光。

[1] 2022 年 11 月 30 日，中国航天两个乘组首次在太空舱会合，实现了新跨越。

远集坊

一

远集志笃行，
一枝一叶总关情，
风华正茂兴。[1]

二

百年强党心，
一枝一叶总关情，
人民至上敬。[2]

1 “远集坊”由中国版权协会主办。“远集坊”命名源自《楚辞·离骚》中的“欲远集而无所止兮，聊浮游以逍遥”和唐朝诗人韦应物的诗句“至今蓬池上，远集八方宾”。自 2017 年 9 月 29 日开办以来，各方通力合作，已举办多期文化讲坛和创新与发展讲座。

2 为庆祝中国共产党第二十次全国代表大会召开，“远集坊”举办书画邀请展，本人作此汉俳以志之。

咏国家版本馆组俳[1]

一

国家版本馆，
传世工程千秋贯，
文明基因欢。

二

一总三分哉，
瀚济润沁四馆开，
赓续文明来。

1 被誉为“传世工程”“文化样板”的中国国家版本馆落成开馆，成为我国乃至世界文化史上的盛事。郁郁乎文哉，浩浩乎馆也！国家版本馆中央总馆文瀚阁和西安分馆文济阁、杭州分馆文润阁、广州分馆文沁阁的一总三分布局，构思精深、筑造宏伟、气象非凡，展现了赓续中华文脉、传承中华文化、延展世界文明的大手笔、大情怀、大格局、大境界。故作此组俳，以记之颂之。

三

收百世阙文，
采中华千载遗韵，
传万代精神。

四

汉唐雄风载，
南国风韵焕神彩，
大国气象开。

五

文瀚阁高耸，
燕山环抱神机涌，
九州昌平中。

六

文济意气浓，

秦岭北麓圭峰雄，

国脉藏洞中。

七

良渚比邻佳，

文润一阁宋风加，

书香飘天下。

八

凤凰溪流欢，

文沁人心壮山川，

岭南样板传。

卷七

节庆文化

夏商周断代，中华文明渊源来，神州气象开。

——汉俳 中华传统文化

夏商周断代中华文明
渊源来神为之寻象开
洋溢中华传统文化

中华传统文化

一

辞别田舍郎，
修齐治平儒学上，
喜登天子堂。[1]

二

夏商周断代，
中华文明渊源来，
神州气象开。

[1] 告别田舍郎，登上天子堂，是儒生修齐治平的理想境遇。

三

以柔克刚修，

中华势能千古悠，

上善若水流。[1]

四

安身立命造，

儒家文明千年好，

飞黄腾达道。[2]

[1] 中华文化重传承，势能强大，以柔克刚。

[2] 中华文明以儒家文明为基础，强调安身立命，追求飞黄腾达。

五

仁义礼智信，
不语怪力乱神行，
温良恭俭敬。

六

生死焉轻知，
敬鬼神定而远之，
正心诚意至。

腊八五首

一

腊八粥香甜，
祭祀祖先与神灵，
舒心好过年。

二

腊八粥多样，
祈求丰收与吉祥，
万家共飘香。

三

寒风吹桑田，
腊八过后是大年，
孩童忙新鲜。

四

腊鼓鸣新陈，

岁寒大地春草生，

抖擞祭百神。[1]

五

腊八渊源长，

击鼓逐疫祈安康，

天地百姓强。

[1] 腊八起源于上古时代，是用来祭祀祖先和神灵、祈求丰收和吉祥的日子。腊月击鼓催春和击鼓逐疫，是两个古老的腊八风俗。

己亥除夕

新桃换旧符，
爆竹声中一岁除，
万民齐欢呼。

兔年春节[1]

兔年随春到，
万象更新山河娇，
天地人欢笑。

[1] 2023 年 1 月 22 日，农历春节喜发。

春节组俳

一

天地交泰时，
生机涌动萌喜气，
万象更新机。

二

新正春节至，
法天敬祖祈年禧，
迎春纳福气。

三

家国团圆日，

黄发垂髫乐滋滋，

共叙天伦意。

四

老少庆佳节，

笑语欢颜祥和喜，

天人共福祈。

甲辰龙年五首

游于艺

飞龙在天游，
诗情书画清风悠，
春意可传久。

长寿花开

花亦如人事，
爱听好话爱赞诗，
长寿更多枝。

过年

飞龙游九州，
新春吉祥如意悠，
万家团圆酬。

面趣

初七宜吃面，
长长久久寿绵延，
情深意更连。

初九开工

龙年须实干，
开工大吉天地看，
奋斗幸福赞。

莲溪湖公园庙会[1]

兴化又迎春，
新开庙会烟火纯，
乙巳喜气熏。

初五迎财神

初五喜庆间，
各路财神俱欢颜，
福寿康宁坦。

[1] 兴化新开莲溪湖公园，首办春节庙会，喜气洋洋。

元宵北京春雪

一

又见雪花白，
正月十五雪打灯，
天人共欢腾。

二

元宵逢雨水，
物候人文喜相扣，
神州同庆贺。

三

万物齐萌动，
天地悄然醒春风，
生命蓬勃中。

元宵赏灯二首

一

正月十五夜，
千家万户齐赏灯，
文明喜传承。

二

彩灯喜绽放，
五彩缤纷乐万家，
欢乐满天涯。

二月二，龙抬头

一

飞龙在天游，
搅动人间春满楼，
正气贯心头。

二

虎年龙抬头，
一招一式信天游，
吉祥万事悠。

三

新春龙抬头，
呼风唤雨信天游，
千门万户悠。

清明祭四首

一

又到清明中，
车水马龙城乡涌，
洒泪扫墓冢。

二

哀思也断肠，
家家户户祭灵亡，
寒食慰远方。

三

莺飞草长诗，
慎终追远系愁丝，
天人共相思。

四

情系清明节，
花雨春风慰天地，
人神洗耳谛。

致敬！世界读书日

一

又见读书日，

最美四月天人喜，

全球共阅时。

二

最美读书人，

手捧黄卷伴青灯，

潇洒神出尘。

三

世界读书日，

人间处处乐学习，

健脑悦神喜。

端午八首

一

端午颂安康，
屈子行吟入大江，
不屈雄魂强。

二

离骚楚声朗，
歌我舞我忧情伤，
独领风骚刚。

三

青叶裹米香，
端午安康战疫荒，
龙舟竞渡忙。

四

端午仲夏迎，
青梅煮酒斩瘟神，
艾蒲散香沉。

五

粽子雄黄酒，
艾草香囊除疫久，
诗会龙舟游。

六

端午祈安康，
屈子行吟恋大江，
龙舟赛云想。

七

端午祭忠魂，

一粒青粽寄诗心，

千古梦思盈。

八

端午赛龙舟，

齐心协力震天吼，

波撼碎乡愁。

七夕五首

一

又到七夕时，
鹊桥架通河汉池，
牛郎织女嬉。

二

七夕情亦浓，
牛郎织女喜相逢，
天上人间重。

三

七夕喜相逢，
牛郎织女会天穹，
华夏醉意浓。

四

七夕传千古，
天上人间共鼓舞，
文化展鸿图。

五

爱在七夕节，
红豆传情美意接，
千年文脉携。

中元节

人鬼情未了，
中元一节祭烟袅，
思念常拨撩。

教师节二首

一

又迎教师节，
师道尊严不停歇，
解疑释惑业。

二

一日为师来，
终身父母孝敬在，
师道尊严哉。

中秋二首

一

中秋月明高，
玉兔呈祥献福报，
古今乐陶陶。

二

千里共明月，
天上人间喜相悦，
万家团圆跃。

中国农民丰收节二首[1]

一

喜庆丰收节，
稻花香里说丰年，
城乡俱欢颜。

二

农民喜金秋，
敲锣打鼓庆丰收，
欢腾遍九州。

[1] 2023 年 9 月 23 日，适逢秋分，中国农民丰收节亦为同日，共贺之。

重阳

佳节又重阳，
登高赏菊话康强，
九州共吉祥。

国庆长假

一

长假出京游，
老少同行福乐悠，
童趣解乡愁。

二

稻花香里堆，
秋阳高照秋云飞，
一派丰收归。

三

绿树村边合，
小桥流水蛮船歌，
云白天蓝候。

人间重晚晴三首

一

归棹赏晚景，

江湖风波远辞行，

飘飘沙鸥轻。

二

归棹弄晚晴，

夕阳无限新风景，

放飞好心情。

三

手挥五弦易，

目送飞鸿难屏气，

来去方便济。

闲情逸致

卷八

茶诗抒衷肠，品茗悟道情趣昂，清心静思长。

——汉俳 茶趣

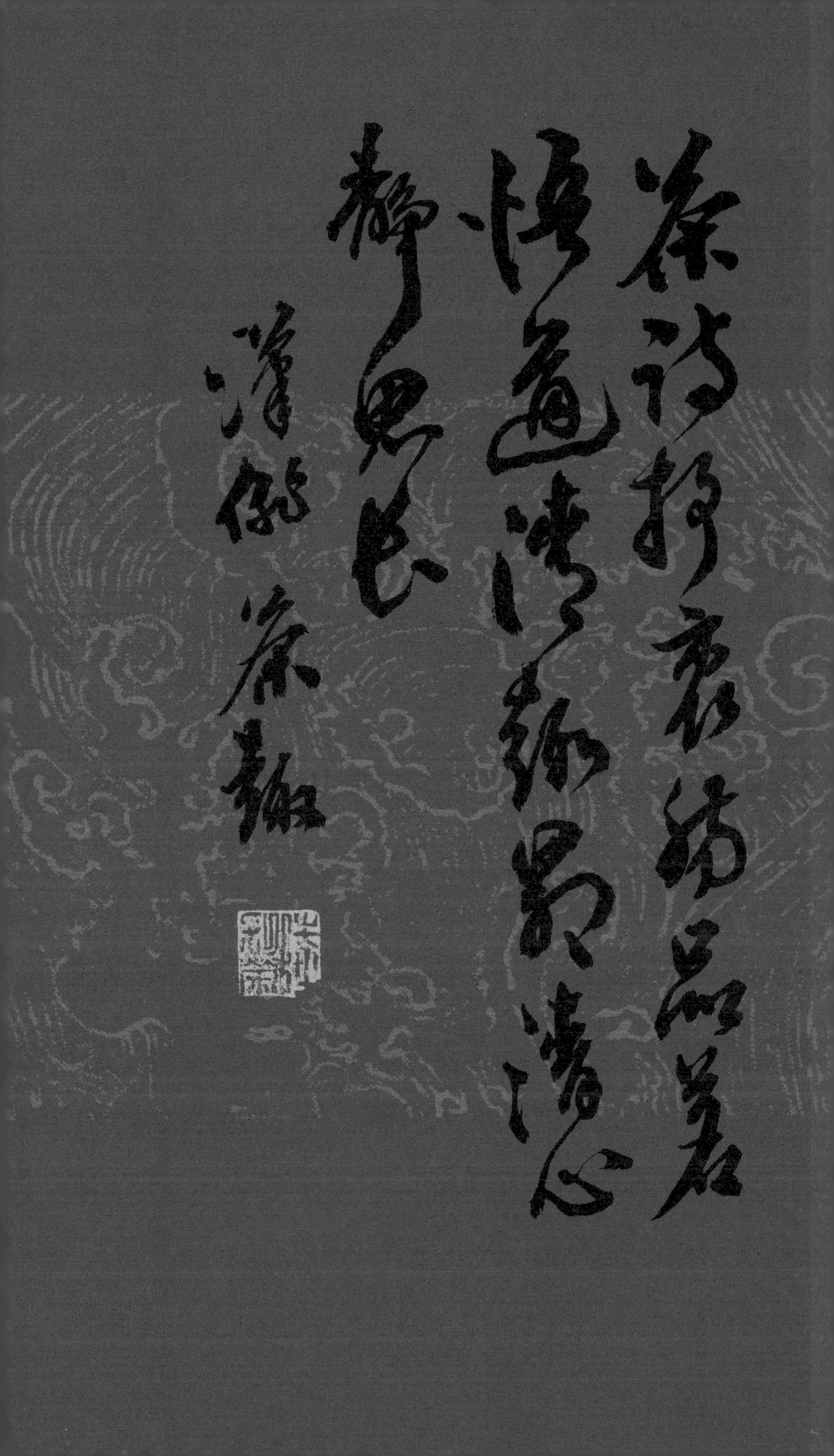

诗悟人生四首[1]

一

红炉飞雪诗，
荡涤浊心震暮气，
千载余情时。[2]

二

花事各妖娆，
梅先菊后何须较？
风雨任逍遥。[3]

[1] 诗为何物？“泰州学派”学者焦竑以为，“诗非他，人之性灵之所寄也”。金圣叹说：“诗非异物，只是人人心头舌尖所万不获已，必欲说出之一句说话耳。”斯日也，晴窗之下，清风习习，展读古典诗词，体悟人生况味，感慨系之矣。

[2] 明末清初王夫之《俟解》谈及诗歌意义时说：“圣人以诗教以荡涤其浊心，震其暮气，纳之于豪杰而后期之以圣贤。”诗之传世，日久弥新，“其人虽已没，千载有余情”。

[3] 北宋赵抃《次韵郁李花》诗云：“花县逢春对晓晖，朱朱白白缀繁枝。梅先菊后何须较，好似人生各有时。”其意境颇佳，耐人寻味。

三

书山拓襟怀，

开窗放入大江来，

文思接千载。[1]

四

花恼断肠魂，

出门一笑大江横，

袖里有乾坤。[2]

1 北宋曾公亮《宿甘露寺僧舍》诗中云："要看银山拍天浪，开窗放入大江来"，颇有境界。古人云，读万卷书，行万里路，方能思载千载，视通万里，万不可读死书，死读书。

2 北宋黄庭坚有诗《王充道送水仙花五十枝欣然会心为之作咏》云："凌波仙子生尘袜，水上轻盈步微月。是谁招此断肠魂？种作寒花寄愁绝。含香体素欲倾城，山矾是弟梅是兄。坐对真成被花恼，出门一笑大江横。"末句甚有生活智慧、哲学意韵，有感于此，改句成俳趣矣。

读书札记

一

明月照城楼，
千里江山万年留，
思绪满心头。

二

公主远嫁人，
细雨骑驴入剑门，
干戈玉帛成。[1]

三

祸福相依了，
常将《汉书》挂牛角，
贵妃醉酒笑。[2]

1 “细雨”句乃南宋陆游诗句，诗颂公主和亲善举。

2 “常将”句化自明末清初顾炎武诗句，以武止戈，祈求和平之意。

杂感四首

一

乐而忘忧多，
孔颜乐处真快活，
诗意人生阔。

二

诗教涤浊心，
超凡脱俗豪气兴，
踏花弄雪行。

三

红尘三杯酒，
滚滚风烟欲何求？
烦心静安就。

四

千秋一壶茶，
浓淡冲和浪淘沙，
随遇而安厦。

东坡诗意俳化九首

一

纵浪大化中，

身世虽穷心不穷，

咏啸来天风。

二

万里归来香，

此心安处是吾乡，

拈花微笑样。

三

天涯万里行，

应无所驻生其心，

故山梦里敬。

四

饱醉高眠续，

此生有味在三余，

溪舞雩风徐。

五

大匠运斤派，

沧海何曾断地脉，

用慰天人拜。

六

远近高低闹，

庐山烟雨浙江潮，

溪声山色报。

七

霹雳暮云开，

快意雄风海上来，

载酒无邪哉。

八

苦雨终解晴，

天容海色本澄清，

奇绝冠平生。

九

文心剑胆事，

东坡肘子蛤蟆字，

千古风流诗。

见贤思齐三则

一

桃源殊难见，
自种桃花在堂前，
意高追仙贤。

二

春水煎茶香，
松花酿酒滋味长，
神清气更爽。

三

南山悠然在，
采菊不见五柳彩，
怆然大觉哉。

胸襟悟三首

一

风物放眼佳，
不与今人争高下，
但与古人掐。

二

不与今人争，
风物长宜放眼量，
古贤较短长。

三

丝竹传心绪，
禅茶一味雅好续，
尽得风流聚。

鼓盆而歌二首

一

升天不用愁，

鼓盆而歌庄子修，

豁达开心流。

二

富贵在天遣，

生死有命不须嫌，

开怀舒心见。

酒神颂二首

一

美酒醉心神，

人间何处不相逢，

举杯乐宾朋。

二

美酒醉心神，

心花怒放精神爽，

缪斯涌华章。

君子修身七首

一

君子三乐多，
父母兄弟天地阔，
天下英才索。[1]

二

不耻下问事，
三人行必有我师，
宁静能远致。

[1] 古人云，君子有三乐："父母俱存，兄弟无故，一乐也。仰不愧于天，俯不怍于人，二乐也。得天下英才而教育之，三乐也。"

三

静若处子至，

君子立身不堕志，

动若脱兔时。[1]

四

静俭养君子，

非淡泊无以明志，

博学笃行事。[2]

五

经纬天地歌，

诗文词赋秀山河，

错综日月寿。

1 古代对君子修身的要求：静若处子，动若脱兔；达则兼济天下，穷则独善其身，不堕青云之志。

2 三国诸葛亮《诫子书》云：“夫君子之行，静以修身，俭以养德。非淡泊无以明志，非宁静无以致远。”

六

敬字惜纸雅，
负耒横经耕读佳，
诗礼走天涯。[1]

七

三立传世久，
咨政育人永不朽，
真经万古留。[2]

[1] 敬惜字纸是中国古代优秀的人文传统。因为古人认为，有文字的纸张，都代表知识、教养，不能随便丢弃、焚毁。为此，古代各学堂都建有大小不等的惜字塔，用来焚烧用过的废纸。而负耒横经也是古代中国乡间崇文的一种体现，稍微识字的农民，在耕作时都会带上一本经书，用于耕作休闲时阅读，增加修养。

[2] 三立，立德、立功、立言，是中国古代士大夫的人生价值观。源自《左传》：“太上有立德，其次有立功，其次有立言。虽久不废，此之谓不朽。”出自鲁国大夫叔孙豹之口。

养生

苍天气清净，
顺之阳气固稳静，
胸次悠然新。

诗经咏

杨柳依依许，
行道迟迟往来聚，
雨雪霏霏去。

学思践悟

若欲其义见，
马上得来终觉浅，
还须勤悟践。

叩问人生[1]

人生知何似，
应似飞鸿踏雪泥，
那复计东西。

[1] 化自北宋苏轼《和子由渑池怀旧》。

十二生肖

鼠

相鼠有皮谦，

心远志大意气连，

风光无限现。

牛

金牛昂首立，

不用扬鞭自奋蹄，

志坚诚如铁。

虎

百兽之王悠，

不怒自威山林走，

虎虎生风游。

兔

雌雄傍地走，
扑朔迷离不停留，
江山任我游。

龙

大道至简加，
龙马精神振天下，
不惧风雨斜。

蛇

小龙走四方，
天地遨游喜洋洋，
如意又吉祥。

马

奋蹄尘埃中，
一洗万古凡马空，
踏花路香浓。

羊

三羊开泰来，
四季分明五福载，
六畜兴旺在。

猴

殷勤探虚晃，
金猴奋起千钧棒，
驱魔逐妖上。

鸡

人勤岁月好，
迎霞起舞晨计早，
精气神通妙。

狗

犬性实真诚，
忠心耿耿护主生，
天道更酬勤。

猪

有福不用愁，
人命关天自然修，
猪仔乐悠悠。

鸡年一首

抖擞精神来，
金鸡一唱天下白，
玉宇澄清开。

诗酒芳华

一

看海角天涯，
神州处处文明花，
诗酒趁年华。

二

望日月芳华，
长空时时飞霓霞，
墨客骚人夸。

访护国寺三首[1]

一

重修护国寺，

月净法师功德至，

上善情怀诗。[2]

[1] 天台山自古宗教圆融，儒道释和合共生。了解天台宗教文化是理解和合文化的重要基础。护国寺乃天台境内庄严道场，彰显家国情怀，正依唐风复建古寺。寺周群峰环抱，景象巍峨。

[2] 月净法师在原天台国清寺修行 20 年，2011 年受命重修护国寺，目标是精品寺庙，占地 100 多亩，群山耸峙，清净庄严。

二

弥勒殿庄严，

守正创新生机现，

拈花一笑仙。

三

依山复古寺，

大雄宝殿五佛至，

美轮美奂诗。

国清寺

一

寺成国清时，
和合文化从此始，
天下兴安系。[1]

[1] 国清寺创始者智者大师生前遗言："寺若成，国必清。"其志可嘉。

二

一寺成祖庭，

天台宗派认此田，

中日韩共连。

三

隋梅越千年，

老枝新花岁岁见，

香远溢清艳。

万年寺[1]

一

结伴访古庙，

万年寺中一声箫，

天台山逍遥。

二

古寺逢老僧，

飘飘缈缈散仙真，

笑语缘分深。

1 访万年禅寺，是日也，阴雨蒙蒙，古木森森，寺内正值晚课，梵音袅袅，一派祥和。

三

深山藏古寺，

于万斯年安神至，

祈愿永宁是。[1]

1 万年寺前堂高挂一古匾“于万斯年”，篆字安稳，沉静古雅，令人肃然起敬。

华顶讲寺三首[1]

一

华顶讲寺会，
七彩舍利耀眼围，
性贤法身随。

二

天下缘分多，
华顶讲寺书院阔，
师友喜题作。[2]

1 华顶讲寺位于浙江天台山风景区的华顶峰下，距天台县城 25 公里，海拔 1098 米，后晋天福元年（936），由禅宗法眼宗二祖德韶法师所建，初名“华顶圆觉道场”，宋治平三年（1066）改名善兴寺，民国以后改名华顶讲寺。

2 华顶讲寺前，幸见赵学敏师友题写的书院碑石，沉稳端庄，气势不凡。

三

唐僧开讲寺，
般若二泉藏秘室，
名震扶桑使。[1]

抬头见喜

花果始飘香，
喜鹊抖擞来捧场，
满目风光漾。

[1] 千年古寺华顶讲寺，由唐末高僧德韶法师开创，寺里秘藏智者、般若二泉，日本佛界长老曾问及，令性贤法师诧异，更感佛法魅力。

茶酒闲俳二首

一

酒是粮食精，
微茫朦胧更助兴，
天地人共情。

二

佳酿又醇茗，
茶酒相交几千年，
共舞醉人仙。

梅子酒

端午梅子红，
龙舟竞渡散香粽，
泡酒酝新宠。

登岳阳楼

波安古洞庭，
岳阳楼下水连天，
江山万年延。

茶趣六首

一

甘泉七碗香，
茶经三卷趣味长，
清茗神飞扬。

二

茶香伴思遐，
助谈契阔发清华，
参禅悟道佳。

三

茶诗抒衷肠，
品茗悟道情趣昂，
清心静思长。

四

东方美人茶，
小绿叶蝉叮咬下，
别有风味香。[1]

五

借他人酒杯，
时常浇胸中块垒，
会通天下理。

六

盛唐文坛强，
李杜光焰万丈长，
诗星遍地赏。

[1] 被小绿叶蝉叮咬的夏季冬青，一般人以为是废物，但客家茶农巧妙制作，变废为宝，制作出了东方美人茶，卖出了天价。

友情唱和

卷九

青榴孕新英，秋日果熟秋月情，欣然品红津。

——汉俳 周末园丁

图书在版编目（CIP）数据

汉俳遇上新时代 / 陆彩荣著. -- 北京 : 外文出版社, 2025. 6. -- ISBN 978-7-119-14332-3

Ⅰ. I227

中国国家版本馆 CIP 数据核字第 2025C97C37 号

责任编辑：陈丝纶　李逸然
设计制作：冷暖儿　魏　丹
印刷监制：王　争

汉俳遇上新时代

陆彩荣　著

出 版 人：胡开敏
出版发行：外文出版社有限责任公司
地　　址：北京市西城区百万庄大街 24 号　　邮政编码：100037
网　　址：http://www.flp.com.cn　　电子邮箱：flp@cipg.org.cn
电　　话：008610-68320579（总编室）　008610-68996181（编辑部）
008610-68995852（发行部）　008610-68996185（投稿电话）
印　　刷：北京雅昌艺术印刷有限公司
经　　销：新华书店 / 外文书店
开　　本：889mm×1194mm　1/32
装　　别：精装
字　　数：350 千
印　　张：16.125
版　　次：2025 年 6 月第 1 版第 1 次印刷
书　　号：ISBN 978-7-119-14332-3
定　　价：168.00 元

青撫學新秋鬢白
衆然纔有悟悠悠
嵐紅津
澤似閣東圖了

老潘万里行[1]

老潘万里行，
外文局里看风景，
生态文明兴。

赠老潘

风从海上来，
我不见外更精彩，
老潘洞天开。

[1] 1994 年，美国来华学者、厦门大学特聘教授潘维廉曾经用 90 天自驾中国，行程 4 万公里。25 年后，老潘重走中国万里路，2019 年 7 月 7 日，他们一行来到中国外文局。宾主在局花园式大院散步，共同体验生态文明建设的开花结果。

和陆晓明《周末园丁》[1]

青榴孕新英，
秋日果熟秋月情，
欣然品红津。

顺录其诗如次：
盛夏一树半庭荫，
又见青榴压枝轻。
门前低头让新果，
阶下移步扫落英。
开花不与春日近，
吐珠只在秋月明。
且待七十华诞日，
再邀老友品红津。

[1] 周末见同学陆晓明自作小诗一首《周末园丁》并附图，记述休息日之闲情。心有所感，转作俳句以附诗意。

寻找方大曾二首
——兼贺冯雪松

一

小方真记者，
烽火连天舍身后，
影像斗顽寇。

二

雪松志坚深，
不懈寻找方大曾，
旧闻始新生。[1]

[1] 央视编导冯雪松，20年来致力于挖掘与传播抗战战地记者方大曾的不凡事迹，采写数本专著，并在国内外大学等进行巡回演讲，弘扬追求真理、勤于实践、为历史存真相的新闻精神，其行其志，令人感佩。而今，有关小方的广播剧、纪念馆等纷纷问世。小方研究正在成为新闻史中的一个专门课题，一段差点被遗忘的新闻历史得以广为流传。功莫大焉，岂不善哉！

和郭晓勇《捧一片草原绿色回家》

草原绿天涯，
悄悄捧一片回家，
好献给妈妈。

赠奥地利友人罗伯特

风雷激荡也，
读懂中国与世界，
休戚与共耶。

赠国安友人

数你尽心怀，
佑国护民大道开，
平安是福来。

赠陆小华

春有百花香，
此君情深爱海棠，
个中滋味长。

友人赠墨锭

一

友人情意绵，
雕龙墨锭属精品，
且待挥毫辨。

二

松烟袅袅散，
墨锭如柱凝云灿，
何日起文澜？[1]

[1] 黄友义先生退休时赠我一方柱状雕龙墨锭，甚为壮观，今作小俳以志之。

致敬中山红色诗人丘树宏

雄诗颂祖国，

豪情万丈冲天烁，

心潮逐浪阔。[1]

赠有中同道

有春风十里，

桃李不言自成蹊，

中得秋高忆。

[1] 丘树宏，广东作协副主席兼诗歌创作委员会主任，致力于长诗创作，发表过大量正气浩然的抒情长诗。他为国庆 70 周年创作千行长诗歌颂祖国。

致友人

前景好似锦，
海不扬波防涡阱，
致远须稳行。

悼星云大师

星云天际散，
大师圆寂传灯灿，
人间佛教赞。

喜观范迪安先生创作油画《千垛花海》[1]

挥洒七彩色，
写尽千垛菜花德，
美润天下客。

观戴敦邦画熊猫有感[2]

戴老画熊猫，
穿衣围脖又配帽，
创新国宝俏。

1 乙巳清明，范迪安先生在全球重要农业文化遗产——江苏兴化千垛景区写生，余等目睹此佳作诞生，甚为欣悦。

2 乙巳世界读书日前，八十八高龄的插画艺术家戴敦邦先生，为外文出版社精心创作一批以《红楼梦》《水浒传》《西游记》等为背景的熊猫艺术作品，活泼可爱，创意无限。